KB094997

모방에서 창조까지 하는 에이전트

모방에서 창조까지 하는 에이전트 6

킹묵 현대 판타지 장편소설

초판 1쇄 찍은 날 § 2023년 1월 20일
초판 1쇄 펴낸 날 § 2023년 1월 27일

지은이 § 킹묵
펴낸이 § 서경석

총괄팀장 § 황창선
편집책임 § 박현성
디자인 § 스튜디오 이너스

펴낸곳 § 도서출판 청어람
등록번호 § 제387-1999-000006호
등록일자 § 1999. 5. 31
어람번호 § 제1-3204호

본사 § 경기도 부천시 부일로 483번길 40 서경B/D 3F (우) 14640
편집부 § 서울특별시 구로구 디지털로 272 한신IT타워 404호 (우) 08389
전화 § 02-6956-0531 팩스 § 02-6956-0532
http://www.chungeoram.com
E-mail § chungeorambook@daum.net

ⓒ 킹묵, 2022

ISBN 979-11-04-92476-7 04810
ISBN 979-11-04-92457-6 (세트)

킹묵 현대 판타지 소설

MODERN FANTASTIC STORY

모방에서 창조까지 하는
에이전트 6

모방에서 창조까지 하는
에이전트

목차

제1장

—

유명세

　태진은 인사를 하기 위해 연습실에 들렀다. MfB의 회의가 있던 터라 오전부터 오후까지 쭉 플레이스에서 담당하고 있었기에 미안하기도 했고 고맙기도 했기에 들른 것이었다. 그리고 MfB 참가자들도 똑같이 대우해 주는지 살펴볼 생각이기도 했다. 물론 필과 1팀이 있는 데다가 같은 팀으로 미션을 준비 중이기는 했지만, 아무래도 경쟁 관계이다 보니 약간의 걱정이 되었다. 그런데 연습실에 들어가자마자 태진은 당황할 수밖에 없었다. MfB나 플레이스 모두가 자신을 보고 있는데 분위기가 묘했다. 뭔가 자신의 상태를 살피려는 눈빛들이었다.

　태진은 의아해하며 안으로 들어갔다. 그러자 연습실 안 사람들 중 유일하게 웃고 있던 필이 웃으며 다가왔다.

"진짜 팀장 됐다면서요?"

"아! 네."

"이제 팀도 꾸리고 그런다고 들었는데 난 좀 반대인데. 바빠서 여기에 소홀해지면 나 좀 화날 거 같은데!"

"아! 그런 일은 없을 거예요. 딱히 달라지는 건 없을 거 같거든요."

"그럼 다행이고."

그제야 태진은 저 사람들이 왜 자신을 살피는지 알 것 같았다. 필이 말한 것처럼 소홀해질 수도 있다고 생각하는 모양이었다. 자신을 필요로 하는 사람들의 시선에 태진은 기분 좋은 목소리로 말했다.

"그런데 오전에 결정 난 건데 어떻게 아셨어요?"

"들었죠. 저기 저 사람한테."

필이 가리킨 곳에는 1팀의 팀원이 있었고, 태진이 정식으로 팀장이 되어서인지 전처럼 적의적인 모습을 대놓고 드러내진 않았다. 그때, 플레이스의 이창진도 태진에게 다가왔다. 아무래도 축하 인사를 해 주려고 하는 듯 보였다.

"어휴! 정말 참. 좋겠어요?"

"감사합니다."

"뭘 감사합니다예요. 좀 너무하네. 가만 보면 사람 참 뻔뻔해!"

이창진은 어이없다는 듯 태진을 봤고, 태진은 의아해하며 이창
진을 봤다. 두 사람 중 먼저 입을 연 건 태진이었다.

"팀장 된 거 축하해 주셔서 감사합니다."

그러자 이창진은 더 어이없어하는 표정으로 말했다.

"아니! 언제 적 얘기를 하는 거예요. 그걸 왜 지금 축하해요.
지금 오늘 올라온 라액 영상 얘기하는데. 일부러 나 약 올리려고
그러는 건 아니죠?"

태진은 순간 당황했다. 팀장이 됐다고 축하를 한 것이 아닌 듯
싶었다. 그러다 보니 저절로 고개가 필로 향했고, 한국어로 대화
를 하는 통에 필은 아무것도 모른 채 웃고만 있었다. 아무래도
정식으로 팀장이 된 건 아무도 모르는 모양이었다.
　연습실에 있는 참가자들의 표정 역시 팀장이 된 걸 축하하는
게 아닌 듯싶었다. 뭔가 얘기를 하고 싶어 하는 눈빛들이었다. 태
진은 무슨 일이 있었던 건지 생각했지만, 딱히 이러는 이유가 떠
오르지 않았다. 그나마 짚이는 게 있다면 이창진이 방금 말한 라
이브 액팅에서 올라온 영상이었다.

'라액 영상이면… 아까 본 영상인가……?'

수잔과 헤어지고 나서 영상을 보긴 했는데 딱히 이렇다 할 건

없었다. 그저 평소처럼 누군가를 흉내 내는 자신만 나와 있었기에 축하받을 일은 아니었다. 게다가 출연진이 아닌 스태프들이 나오다 보니 조회수도 상당히 낮았고 댓글들도 별로 없었다. 다만 몇몇 사람들이 태진을 언급하며 신기하다는 반응을 보였고, 또 일부는 컨셉충이라는 그런 댓글을 남기긴 했다.

그리고 그 영상이 인기가 있다고 하더라도 태진이 축하받을 일은 아니었다. 때문에 다들 저러는 이유를 알 수가 없었다. 그때, 이창진이 얄밉다는 듯 태진을 흘겨보며 말했다.

"한 팀장님 진짜 그렇게 안 봤는데 뒤로 호박씨 엄청 까는 스타일이네요."
"제가요?"
"와! 계속 모르는 척할 거예요? 권단우! 이하영! 박정세! 등등!"

이창진의 입에서 나온 사람들 모두가 라이브 액팅에서 탈락해 하차한 사람들이었다.

"전부 Y튜브에 몰려와서 한 팀장님 어쩌고저쩌고! 아주 하나같이 칭송하더만! 특히! 권단우랑 이하영은 연락 기다린다고까지 하더만! 이하영은 MfB이었으니까 그렇다 쳐요. 그런데 권단우는 뭘 어떻게 했길래 연락드리겠다는 말을 하게 해요."
"그게 무슨 말이에요?"
"오늘 라액에서 올린 영상 댓글에 권단우가 글 남겼더만! 어? 진짜 몰랐어요?"

아까 볼 때까지만 하더라도 그런 댓글은 없었다. 태진이 무슨 말인지 확인하기 위해 Y튜브를 보려 할 때, 이창진의 말이 이어졌다.

"지금 좀 작은 회사에서 권단우 데려가려고 난리도 아닌데. 권단우만 그런가. 탈락한 애들 데려가려고 그러는 곳이 얼마나 많은데 거기서 알맹이들이 전부 한 팀장님만 찾네."

초반에 탈락했음에도 권단우는 엄청 뛰어난 외모 덕분에 아직까지도 많은 사람들 입에 오르내리는 중이었다. 심지어는 한 커뮤니티에 권단우 갤러리까지 생길 정도였다. 그런 권단우가 자신을 언급했다는 게 무슨 말인지 궁금했기에 서둘러 댓글을 살폈다.

"어?"

라이브 액팅에서 몇몇 댓글을 고정해 가장 위에 노출시켜 놓았고, 그런 댓글의 대부분은 탈락한 참가자들이 남긴 것이었다. 그리고 가장 위에는 방금 말한 권단우의 댓글이 보였다.

—안녕하세요. 저 기억하실지 모르겠는데 라액에 참가했던 권단우라고 합니다. 영상에서 한태진 팀장님을 보고 반가운 나머지 댓글을 남겨 봐요. 팀장님은 제가 사람들에게 보고 들은 대로 항상 진심이시네요. 언젠가는 한 팀장님이 제 흉내도 내 주시겠죠? 그런 날이 올 수 있도록 열심히 연습하고 있습니다. 너무 기다리시

지 않도록 최대한 빨리 연락드리겠습니다.

"흠……."

권단우와 인사를 나누긴 했지만 딱히 연기에 대해서 얘기를 한 적도 없었다. 권단우가 탈락할 당시 이창일과 대화를 나눴고, 그때 권단우가 옆에 있던 것이 전부였다. 그리고 권단우가 잘생기 긴 했지만, 연기는 그다지 볼 것이 없었기에 그저 예의상 전화번호를 넘겼을 뿐이었다. 그렇기에 기다린 적도 없었고, 저런 댓글을 남길 정도로 유대감이 있는 관계도 아니었다. 그리고 권단우의 댓글은 그냥 넘길 수 있는 수준이었다. 전혀 논란거리가 될 것같지 않았다. 그때, 이창진이 고개를 내밀며 말했다.

"그새 또 늘었네? 와. 권단우 거 말고 그 댓글에 달린 걸 봐요!"

권단우의 댓글에 300개 정도의 댓글이 달려 있었다. 도대체 무슨 댓글들이 달렸길래 저러는지 궁금한 마음에 서둘러 댓글을 열고 천천히 읽어 보기 시작했다.

—와! 찐 단우임?
—찐이니까 ETV에서 고정 박아 놨겠죠.
—진짜 팬이에요.
—너무 일찍 탈락해서 아쉬웠는데 이렇게라도 봐서 너무 좋네요!

다들 권단우를 반기는 댓글들이었다. 도무지 문제가 될 만한 댓글이 없었기에 의아해할 때, 이상한 댓글이 보였다.

—왜 숲이었으면서 MfB 가려고 하지? 개궁금하다. 뺏어 가는 그런 건가?
—MfBㅋㅋ 권단우한테 연습해 오라고 했음? 권단우 가면 감사합니다 해도 모자랄 판에.
—인정. MfB에 배우 채이주밖에 없지 않음?
—저 사람 표정 진짜 개띠껍다. 지가 제일 잘났다는 듯한 표정. 밑에 관상은 과학이라는 댓글 심히 공감됨.
—그런데 라액 끝도 안 났는데 이렇게 먼저 물밑 작업 해도 됨? 탈락해서 괜찮나?
—어디든 가서 빨리 봤으면 좋겠어염!

아무것도 안 했는데 욕을 먹고 있었다. 태진은 너무 억울한 나머지 이창진을 쳐다봤고, 이창진은 의아한 표정으로 말했다.

"권단우랑 뒤로 연락하던 거 아니에요?"
"아니에요!"
"진짜요?"
"진짜 아니에요."
"뭐야, 그런데 왜 저런 댓글을 남겼어. 어이가 없네."

아무런 말도 하지 않았는데 MfB와 권단우를 묶어서 생각하고 있었다. 권단우를 뺏어 간 상도덕 없는 회사로 보는 댓글들도 있었고, 권단우를 알아보지 못하는 회사라는 댓글도 있었다. 권단우가 큰 작품에 출연한 것도 아니었다. 오디션프로그램에 잠깐 나왔을 뿐인데도 권단우를 옹호하며 MfB를 욕하는 사람들이 가득했다.

'아, 팬들이 무섭네.'

그리고 그 밑에는 하영의 댓글이 달려 있었다. 분위기 파악을 못 하는 건 여전했다.

—저 오빠 쉬는 날도 없이 맨날 붙어 있었으면서 언제 저런 거 연습했대! 살인마 흉내만 잘 내는 줄 알았더니ㅋㅋㅋ 성대모사도 잘하네. 오빠! 조만간 봐요!

하고 싶은 말을 하고 사는 하영답게 댓글이 거침없었다. 그리고 하영의 댓글에도 사람들이 댓글을 달아 놓았다. 대부분이 하영도 다시 MfB로 들어가냐는 질문이었다.

조만간 보자는 말은 그냥 가볍게 연락 한번 하겠다는 뜻처럼 들렸는데, 권단우가 단 댓글의 연장선이라고 생각하는지 다들 하영도 MfB로 간다고 생각하는 듯했다.

"얘도 아니고?"
"아니에요. 저희 지금 배우 충원 계획 없어요. 라액 끝나면 저희 쪽 배우들하고 하지 따로 캐스팅하고 그런 건 없어요."

"그렇죠? 그게 맞지. 하마터면 다 데려가려고 그러는 줄 알고 오해했네."

이창진은 그제야 피식거리며 웃었다.

"그런데 도대체 애들한테 뭘 어떻게 해 주길래 애들이 다 한 팀장만 좋아해요? 어이가 없네."

"저도 딱히 한 건 없는데."

"권단우 저놈이 제일 얄밉네. 지한테 내가 얼마나 잘해 줬는데!"

"원래 알고 계셨어요?"

"아니, 이창일 선생님이 부탁해서 직접 연기 연습하는 방법도 알려 주고 그랬는데! 자식이, 나는 아니더라도 우리 회사는 언급을 해야지!"

권단우가 탈락할 당시 제대로 된 평가를 내놓은 곳이 플레이스와 MfB뿐이었다. 그래서 이창일이 플레이스에도 부탁을 한 모양이었다.

"저도 이창일 배우님한테 부탁을 받긴 했는데 딱히 한 건 없어요."

"어? 선생님하고 친분이 있어요?"

"아니요. 딱히 그런 건 없어요."

"헐, 신기하네. 선생님이 아무한테나 그런 부탁을 하는 분이 아닌데. 나야 뭐 친분이 있으니까 그렇다 쳐도."

"친하세요?"

"친한 건 아니고. 이름만 들어도 느낌 오잖아요. 창성할 창 자 돌림! 같은 항렬. 그래서 그냥 아는 정도죠. 아무튼 뭐 한 것도 없는데 왜 저러는 거지!"

이창진은 신기해하는 것도 잠시, 이쪽을 보고 있는 참가자들을 향해 고개를 돌렸다. 그러고는 또다시 어이없다는 듯 한숨을 뱉으며 말했다.

"쟤네도 저래요! 왜 우리 애들까지 저래!"

"왜 그런 건데요?"

"저기 MfB 애들은 지네 무조건 MfB 간다고 생각했나 봐요. 자기네들은 아무런 말도 못 들었는데 권단우만 MfB로 온다니까 붕 뜰까 봐 걱정되는 모양이죠."

"아."

태진은 어이가 없다는 듯 헛웃음을 뱉으며 참가자들을 쳐다 봤다. 표정이 드러나지 않아서인지 태진을 보고 있던 참가자들은 여전히 불안해함과 동시에 궁금해하는 표정이었다. 태진은 그런 참가자들을 보며 말했다.

"라이브 액팅 끝나기 전에는 계약할 수 없다는 조건이 있을 거 예요. 그 뒤에는 매니저 팀에서 연락이 갈 거고요."

태진의 설명에도 아직 궁금증이 해결되지 않았는지 정만이 조심스럽게 말했다.

"권단우는 MfB에 오는 거예요?"
"아니요. 제가 알기로는 그런 얘기 없었어요."
"진짜요? 기사에도 나왔던데. 진짜 아니에요?"
"기사요?"

그때, 이창진이 피식 웃으며 말했다.

"나도 봤는데 별거 없어요. 그 있잖아요. 지라시 같은 거. 저기 인터넷 신문사에서 그냥 맘대로 싸지른 거예요. 내용도 없고 그냥 권단우 소개하고 권단우가 뭐라고 했다, 그런 기사예요."

기사라는 말에 약간 걱정을 하던 태진은 이창진의 말에 안심이 됐다. 그리고 이창진은 마치 같은 회사 상사인 것처럼 태진을 다독였다.

"원래 자기들끼리 토론하고 상의하고 그러고선 말도 안 되는 결론 내놓고 그게 진실인 양 까고 그래요. 너무 마음에 담아 두지 마요. 뭐, 권단우가 다른 회사 가서 슈퍼스타가 되면 모를까. 당장은 그럴 거 같지도 않고. 아무튼 오늘 퇴근 일찍 한다면서요. 괜히 담아 두지 말고 빨리 가요."

어디 물어볼 곳도 없었는데 먼저 이창진이 말을 해 준 덕분에 큰 위로가 됐다.

'이럴 땐 곽 팀장하고 다르네.'

일할 땐 곽이정 같지만, 그 외에는 부드러운 느낌이었다. 태진이 그런 이창진을 보며 인사를 할 때, 연습실 문이 열리면서 곽이정이 얼굴을 들이밀었다. 이창진과는 완전히 상반된 표정으로.

곽이정과 마주한 태진은 기분이 묘했다. 다른 회사인 이창진은 격려와 위로를 해 주었던 반면 같은 회사인 곽이정은 큰일이라도 난 것처럼 겁을 주며 압박하는 느낌이었다. 곽이정을 몰랐으면 모를까 자주 겪다 보니 이런 것들 하나하나에까지 다 숨겨진 의도가 있어 보였다. 그러다 보니 곽이정의 말에 모순이 느껴졌다.

"하아, 하루도 조용할 날이 없네. 그렇죠? 이걸 어떻게 할 겁니까?"

태진은 딱히 할 대답도 없었고, 대답할 가치도 없다는 생각에 듣고만 있었다. 평소 같은 태진의 모습 때문에 답답해하는 건 오히려 곽이정이었다.

"말을 좀 해 보라고요. 왜 한태진 씨 때문에 우리가 욕을 먹어야 합니까. 이걸 어떻게 해결할 거예요. 일은 한태진 씨가 벌이고 해결은 우리가 해야 되는 겁니까?"

계속된 닦달에 태진은 곽이정의 말을 들으며 느꼈던 것을 뱉었다.

"제가 잘못한 건가요?"

"그럼 누가 잘못해요. 내가 잘못해요? 아니면 우리 1팀원들? 아니면 참가자들?"

"제가 한 건 참가자들 격려해 준 거뿐인데요. 책임을 물으실 거면 그걸 올린 ETV에 하셔야 되지 않을까요? 그리고 사람들한테 욕먹는 건 저만 먹고 있어요."

곽이정은 태진이 이렇게 자신의 말에 말대꾸를 하는 모습을 처음 보다 보니 순간 당황했다. 그것도 잠시, 화가 슬슬 올라오는지 목소리가 점점 높아졌다.

"누가 한태진 씨 욕먹는 걸 문제라고 합니까?"

"그럼 왜 이러시는지."

"권단우! 권단우하고 무슨 얘기가 오고 갔길래 그런 얘기가 나옵니까! 응? 왜 다른 회사들한테 상도덕 없다는 그런 얘기를 듣게 만드냐고요. 이것도 내가 ETV에 물어봐야 되는 겁니까?"

태진은 곽이정을 가만히 쳐다보며 입을 열었다.

"그건 저하고 관계없는 일이에요. 잠깐 대화만 나눈 것뿐이고요."

"그런데 무슨 연락을 하니 마니 그런 얘기가 나와요."

"전 보고 배운 대로 연락처를 줬을 뿐이에요. MfB로 오라는 말을 한 적은 없어요. 제가 그럴 권한이 없다는 것도 알고요. 그 냥 단순 해프닝인데 사람들이 오해를 하는 것 같아요."

태진이 침착하게 해명을 해서인지 이번엔 곽이정이 할 말이 없 는 모양인지 헛웃음만 뱉었다. 그러던 곽이정이 화가 누그러졌는 지 차분해진 표정으로 입을 열었다.

"그럼 한태진 씨가 해결하면 되겠군요."
"제가요?"
"오해를 한 거면 오해를 풀어 줘야죠. 안 그럼 계속 MfB가 욕 을 먹게 놔둘 겁니까?"
"기사를 내보내면 될 거 같은데요."
"하세요. 한태진 씨가 하세요. 팀장 되고 좀 으쓱해진 거 같은 데 한번 해 보세요."

이 일에 대해 모든 책임을 지라는 말에 약간 겁도 났지만, 아무 리 생각해도 큰 문제는 아닌 것 같았다. 방금 말한 대로 오해로 인한 해프닝이었기에 금방 지나갈 일이었다. 그리고 그런 걸 곽이 정의 옆에서 보고 배웠기에 큰 걱정은 없었다.

"알겠습니다. 제가 해결할게요."
"허."

곽이정은 크게 헛웃음을 뱉고는 잠시 태진을 쳐다봤다. 그러고는 예전과 같은 가면을 쓴 표정으로 입을 열었다.

"그래요? 그러세요, 그럼."

곽이정은 그 말을 끝으로 가 버렸고, 태진은 그런 곽이정의 모습을 가만히 쳐다봤다. 분명히 처음에는 자신을 뽑아 준 고마운 사람이었는데 언제부터인가 관계가 꼬여 버려 이제는 자신을 괴롭히려는 사람 그 이상 그 이하도 아닌 느낌이었다.

"후우……."

태진이 깊은 한숨을 뱉을 때, 연습실 문이 열리면서 필의 고개를 내밀었다.

"왜 그래요?"
"아! 아니에요."
"그래요? 심각하게 얘기하는 거 같아서. 그런데 오늘 집에 일찍 간다면서요."
"아!"

태진은 휴대폰을 꺼내 바로 시간을 확인했다. 그러고는 필에게 고개를 숙여 인사를 하고는 서둘러 밖으로 나왔다.

*   *   *

바쁜 나머지 취직한 후 첫 월급을 타고도 그냥 지나쳤다. 부모님은 어떠실지 모르겠지만, 태진은 그동안 보살핌을 받은 것에 대한 보답을 하고 싶은 마음에 선물을 준비 중이었다. 팀장이 됐다는 말과 함께 선물을 드릴 계획이었다.

태진이 찾은 곳은 백화점이었다. 예전에도 백화점을 온 적은 있었다. 다시 걷게 된 기념으로 옷들과 신발을 사러 왔었고, 항상 가족들과 함께였다. 그러다 보니 혼자 온 백화점이 굉장히 어색했고, 낯설었다. 태진은 미리 생각해 둔 선물을 사러 서둘러 움직였다.

카페에서 일하는 어머니에게 드릴 선물로는 운동화를 준비했고, 자랑하기 좋아하는 아버지의 선물은 사람들이 바로 볼 수 있는 셔츠로 준비했다. 이곳저곳을 돌다 보니 긴장이 좀 풀렸고, 이제는 동생들의 선물을 사러 움직였다. 마음 같아서는 둘 다 컴퓨터를 사 주고 싶었지만, 현실적으로 가능한 금액이 아니었다. 그래서 컴퓨터는 나중으로 미루고 두 동생들의 외출복을 사기 위해 캐주얼 매장들이 모여 있는 곳을 찾았다. 캐주얼한 옷들이라 그런지 다른 층보다 사람들이 월등히 많았고, 그 속에서 태진은 어떤 옷을 살지 둘러보려 걸음을 옮겼다. 그때, 지나가던 사람이 자신을 뚫어져라 쳐다보는 것이 느껴졌다. 그러고는 자기들끼리 쑥덕거리는 말이 들려왔다.

"저 사람, 라액에 나온 사람 맞지?"
"어! 맞지? 나도 그 생각 했는데!"

"사진 찍어 달라고 할까?"
"연예인도 아닌데 무슨 사진을 찍어. 됐어."

일부러 들으라고 하는 것처럼 크게 말하는 통에 사진을 찍어야 되나 걱정하던 태진이 도리어 민망해졌다. 그리고 방금 들었던 대화 때문에 사람들의 시선이 굉장히 신경 쓰였다. 지나가다 마주치는 사람들이며 점원들이며 전부 다 자신을 알아보는 것 같다 보니 발걸음조차 부자연스럽게 느껴졌다. 걸을 수 있다는 게 얼마나 소중한지 알고 있던 태진은 괜히 손을 내려 허벅지를 꽉 잡아 볼 정도로 걷는 게 어색하게 느껴졌다.

'빨리 사서 가야겠다.'

마음이 급해진 태진은 서둘러 아무 매장이나 들어갔다. 그렇게 사람들 시선을 신경 쓰며 옷을 고르고 있을 때, 갑자기 휴대폰이 울렸다.

"네, 채이주 씨."
―퇴근했다면서요? 말 좀 해 주지! 부랴부랴 왔는데!
"오늘 촬영 있으시다고 해서 못 오실 줄 알았어요."
―그래서 부랴부랴 왔다고요! 아까 강 실장님한테 태진 씨 정식 팀장 됐다고 들어서 축하해 주려고 왔죠!
"아! 감사해요."
―말 좀 해 주지! 아! 그리고 오늘 라액 영상 난리 났던데요?

괜찮죠?

"네?"

—사람들 말하는 거 괜찮냐고요. 그냥 한 귀로 듣고 한 귀로 흘려요.

아무래도 악플을 얘기하는 듯했다. 그러고 보니 악플에 관해선 채이주가 누구보다 잘 알고 있을 터였다.

—그 사람들은 자기가 무슨 말 했는지 기억도 안 날 거예요. 그러니까 태진 씨도 이상한 댓글 있더라도 너무 신경 쓰지 말고요. 혹시나! 심한 욕 같은 건 바로 캡처하고! 신고해 버리게!

"괜찮아요."

—그렇죠? 아무튼 오랜만에 일찍 퇴근했는데 오늘은 푹 쉬세요! 저도 내일 촬영 없으니까 오늘은 통화 안 하는 걸로!

"네, 알겠습니다."

통화를 마친 태진은 웃으며 휴대폰을 주머니에 넣었다. 그리고 약간 편해진 마음으로 옷을 고르려 할 때, 주변에 있는 사람들의 시선이 느껴졌다. 고개를 돌려 보니 몇몇 사람들이 자신을 힐끔거리는 모습에 태진은 서둘러 고개를 돌렸다.

"맞다니까! 채이주라잖아. 막 촬영 얘기 한다니까."

"근데 좀 재수탱이다. 지가 뭐라도 되는 줄 아나 봐. 되게 띠껍게 쳐다보네. 바로 고개 돌리는 거 봐."

"좀 그렇긴 해. 누가 아는 척하고 싶어 하는 줄 아나 보네. 크
크."

자신이 왜 저런 말을 들어야 하는 건지 억울했다. 하지만 그렇
다고 가서 따지기도 애매한 상황이었다. 태진은 일단 들고 있는
옷을 집어 들고 점원에게 향했고, 가격도 묻지 않고 옷을 사 버렸
다. 그리고 매장에서 나왔을 때, 이번에는 커플이 태진을 알아본
모양인지 이리저리 쳐다봤다. 이번에는 아까 욕을 먹었을 때와
다르게 가볍게 고개를 숙여 인사를 했다. 그 때문인지 앞에 있던
커플이 알은체를 했다.

"방송 잘 봤어요!"
"아, 감사합니다."
"저 사진 한번만 찍어 주시면 안 될까요? SNS 올려도 되죠?"

사진을 찍는 것도 싫었지만, 또 찍지 않아서 욕을 먹는 것도
싫었다. 후자가 더 싫었기에 태진은 가볍게 고개를 끄덕여 대답했
다. 그러자 커플이 휴대폰을 점원에게 맡기고는 태진의 양옆에 섰
다. 사진을 찍자 커플이 웃으며 말했다.

"SNS 팔로우 해도 돼요?"
"제가 SNS를 안 해서요."
"아, 넵!"

커플과 어색한 인사를 나눈 뒤 서둘러 가려고 할 때, 이번에는 사진을 찍어 준 점원이 태진에게 말을 걸었다.

"연예인이셨어요? 어쩐지 멋있으시더라!"
"연예인 아니에요."
"아! 그럼 BJ 이런 거 하시나 보다."

알아보지도 못하면서 알은척을 했다. 그리고 점원이 알은척을 해서인지 지나가던 사람들마저 태진을 쳐다보기 시작했다. 태진은 또 사진을 찍자는 말을 들을까 봐 서둘러 자리를 피했다.

'이거… 권단우 씨가 문제가 아니라 내가 문제네.'

＊　　　　＊　　　　＊

차에 있을 때마저도 사람들이 알아보는 것 같아 신경 쓰였는데 집에 들어오자 언제 그랬냐는 듯 마음이 편해졌다.

"큰형! 왜 이렇게 늦어! 우리 다 기다리고 있잖아!"
"미안. 어디 좀 들렀다 오느라고."
"그거 뭐야? 뭐 사 왔어?"
"아, 이거. 잠깐만, 손 좀 씻고 나와서 알려 줄게."

서둘러 손을 씻고 나온 태진은 식탁에 앉았다. 태진이 와서인지 이미 불판에 고기를 굽기 시작한 상태였다. 고기가 익자 아버지가 웃으며 맥주를 따라 주었다.

"태민이랑 태은이 한잔 받고!"
"여보, 태은이는 아직 고등학생인데."
"괜찮아. 집에서 먹는 건 괜찮아. 그리고 우리 태진이는 아빠랑 사이다 먹고!"

사고 때문에 금주만큼은 철저하게 지켜야 했기에 지금까지 술한 모금 마셔 본 적이 없었다. 그런 태진을 생각해 아버지도 음료수를 마시려고 했다. 그때, 막내 태은이 자신에 앞에 놓인 맥주를 아버지 앞에 놓았다.

"됐어! 내가 큰형하고 사이다 먹을 거야."
"아니야. 나 일해야 돼서 술 안 마셔. 네가 아빠랑 짠 해 드려."

태민이 역시 맥주잔을 넘겼다. 자신을 배려하는 가족들의 모습에 태진은 입술을 씰룩거리고는 입을 열었다.

"그냥 다 마셔도 돼요. 저도 따라 놓기만 하면 되잖아요."
"오! 그럴까?"
"그럼 다 한잔씩 따라 볼까?"

각자의 잔에 맥주를 채운 아버지는 웃으며 잔을 들었다.

"오늘 우리 가족 기념일이야! 엄마는 바리스타 됐고! 우리 큰아들은 팀장이 됐고! 너무 좋다! 다 축하해!"

"축하해!"

가족들이 환하게 웃으며 잔을 부딪쳤다. 팀장이 된 걸 처음으로 축하받는 자리가 가족들과의 식사라는 생각에 미소가 지어졌다.

"아! 맞다. 저, 이거. 별거 아닌데 선물 사 왔어요."

태진은 한쪽에 놓아둔 쇼핑백을 가져와 하나씩 건넸다.

"엄마는 일하실 때 발 편하시라고 운동화 샀어요."

"뭐 하러 이런 걸 샀어. 어이구, 너무 예쁘다."

"마음에 안 드시면 바꾸시면 돼요."

"왜, 마음에 들어. 우리 태진이는 센스가 참 좋다. 엄마 마음에 쏙 들어. 그런데 이걸 아까워서 어떻게 신어."

어머니와 달리 아버지는 이미 선물을 개봉해 와이셔츠를 몸에 대 보는 중이었다.

"이거 바로 빨아서 내일 입고 가야겠는데."

두 분 다 좋아하시는 모습에 태진이 미소 지을 때, 옆에서 한

숨 소리가 들렸다. 옆을 보니 동생들이 선물을 든 채 서로를 쳐다보고 있었다.

"뭐 나랑 작은형이랑 커플 하라고 똑같은 거 사 왔어? 아, 참 센스 하고는!"
"난 괜찮아. 마음에 들어. 내가 다 입을게."
"뭔 소리야! 내 건데!"
"마음에 안 든다며."
"마음에 안 드는 게 아니라 형이랑 똑같으니까 한 말이지."

백화점에서 정신이 없다 보니 급하게 사느라 같은 티셔츠를 사 와 버렸다. 아무래도 다시 바꿔 오는 게 좋을 것 같다고 생각할 때, 태민이 걱정 어린 시선을 보내며 말했다.

"혼자 백화점 다녀왔어?"

태민의 질문과 동시에 가족 모두가 태진을 조심스럽게 쳐다봤다.

"응, 혼자 다녀왔지."

자신의 대답에 가족들은 걱정스러운 눈빛을 보냈고, 태진은 왜 저런 눈빛을 보내는지 알 것 같았다. 아무래도 영상에 달린 악플을 본 모양이었다. 아니나 다를까 막내 태은이 입을 열었다.

"막 사람들이 알아보고 안 그래?"

"몇몇 알아보는 사람도 있긴 했지."

"막 욕하고 그런 사람은 없었어?"

"아."

"있었네! 아오, 빡쳐! 자기들이 뭘 안다고! 형도 같이 욕해 버리지! 진짜 다 고소해 버리자!"

"어떻게 다 고소해. 난 괜찮아. 금방 사그라들겠지."

"큰형이 아니라! 엄마 아빠 때문에 그러지! 저 봐! 큰아들 욕먹는다고 집에 와서 계속 휴대폰만 보잖아."

지나가며 욕을 먹긴 했지만 그리 심한 욕을 들은 것은 아니었기에 크게 신경 쓰이지 않았다. 하지만 부모님은 아닌 듯했다. 아무렇지 않은 척 웃고 있지만 굉장히 답답해하는 것이 느껴졌다. 어머니는 그런 감정을 숨기기 위해서인지 고기 한 점을 태진의 그릇에 올려 두었고, 아버지는 따라 놓기만 했던 맥주를 입에 가져갔다.

자식이 욕을 먹는데 기분 좋은 부모가 있을 리 없었다. 물론 칭찬도 있었지만, 욕이 더 신경 쓰이는 법이었다. 그런 부모님의 모습을 보자 태진은 괜히 미안해졌다. 축하를 위해 모인 자리의 분위기가 어색해졌다. 태진은 미안함과 어색함에 자신도 모르게 앞에 따라 놓은 맥주를 들었다.

"어?"

"형! 뭐 하는 거야! 왜 맥주를 마셔!"

"아들! 왜 맥주 마셨어!"

처음 느끼는 술맛에 바로 입을 뗐음에도 가족들 모두가 놀란 채 태진을 봤고, 태진도 모르고 한 행동이었기에 순간 당황했다. 가족들은 더 심각해진 표정으로 태진을 봤고, 태진은 그런 모습에 급하게 입을 열었다.

"아니에요! 뭐 답답해서 술 마신 거 아니에요. 그냥 모르고 마신 거예요. 한 모금도 안 먹었어요. 저 진짜 괜찮아요."

가족들의 표정은 쉽게 바뀌지 않았다. 그때, 태진의 휴대폰이 울렸다. 전화를 건 사람은 다름 아닌 수잔이었기에 태진은 어색한 분위기도 벗어날 겸 바로 통화 버튼을 눌렀다.

―뭐 해요?
"밥 먹고 있었어요."
―어? 팀장 됐는데 회식 안 해… 아, 팀원이 없지!

태진은 입술을 씰룩거리며 웃었다. 장난을 치고 있다는 것이 느껴졌다. 그리고 저런 장난을 치는 이유는 한 가지밖에 없었다.

―후, 회식하러라도 내가 가야겠네!
"결정하셨어요?"
―그래요. 스미스 팀장님하고도 얘기해 봤는데 다행히 허락하시더라고요. 대신 4팀에서 요청하는 일 우선으로 좀 해 달라고

하더라고요. 아마 태진 씨, 아니, 팀장님 만나서 얘기할 거예요.

"벌써 얘기 다 하셨어요?"

—해야죠! 사실 잘하는 짓인지 모르겠는데 궁금해서요! 어떻게 사람들을 구워삶는지! 아무튼 잘 부탁해요. 한태진 팀장님!

"감사합니다! 저야말로 잘 부탁드려요!"

—크크, 목소리 우렁차서 기분 좋은데요? 그만큼 날 원했다는 소리! 원래는 만나서 얘기하려고 했는데 기다릴 거 같아서 전화로 한 거예요. 잘했죠? 설마 안 기다린 건 아니죠?

"하하하, 진짜 기다렸어요. 이제 마음이 좀 놓이는데요?"

—어휴, 전화로 얘기하면 이렇게 부드러운데. 앞으로 우리 전화로만 얘기할까요? 푸흡, 농담! 아! 맞다! 우리 호칭 막 자축인묘 1, 2, 3, 4호 이런 식으로 하면 나 다시 4팀 갈 거예요.

"아! 그냥 지금 그대로 불러도 될 거 같은데 계속 수잔으로 부를게요."

—오케이. 그건 다행이네. 일단 내일 출근해서 다시 얘기해요. 아마 다음 주부터 팀에 합류할 듯해요. 그럼 굳 밤!

일을 하며 많은 사람들을 만났지만, 역시 수잔과의 대화가 가장 편했다. 그런 수잔이 팀에 합류한다는 소식을 듣자 마음이 편해졌다. 그때, 태진의 통화가 궁금했는지 어머니가 서둘러 입을 열었다.

"동료야?"

"아, 저 오늘 팀장 됐잖아요. 그래서 같이 일했던 분한테 팀원으로 와 달라고 했는데 다행히 와 주신대요."

"그래? 아들하고 친한가 보네?"

"네, 회사에서 가장 친하죠. 제 첫 사수기도 해요."

"다행이다!"

방금 전까지만 하더라도 걱정이 가득한 표정이었는데 수잔과 통화를 한 뒤 부모님들도 편해진 듯한 표정으로 변했다. 그 이유는 태은을 통해 알 수 있었다.

"큰형 다 컸는데?"

"뭐?"

"회사 생활이나 잘할까 걱정했는데 막 소리까지 내서 웃는 거 보면 이제 사회인 다 됐어! 이제 걱정 한시름 놓았네."

그때, 태민이 고개를 절레절레 저으며 대화에 끼어들었다.

"누가 보면 네가 집안에서 가장 어른인 줄 알겠어."

"작은형도 걱정했잖아. 회사에서 왕따당하는 거 아니냐고!"

"시끄러워. 아무튼 형 이제 그럼 진짜 팀장 된 거네. 팀원도 다 꾸려진 거야?"

"응, 생각하던 대로 다 됐어."

형제들의 대화를 듣던 아버지는 옅은 미소를 지으며 입을 열었다.

"그래! 다 잘할 줄 알았어! 네 엄마가 잘할 거라고 항상 그랬거든! 후우, 이제 태진이 걱정은 그만하자! 알아서 잘하네! 우리가 이렇게 걱정하는 것도 부담될 수 있어! 이제 걱정 그만!"

"저 진짜 괜찮으니까 걱정 안 하셔도 돼요."

"들었지! 그러니까 이제 진짜 축하만 하기! 자 그럼 잔 들어! 자, 김지숙 여사님! 바리스타 된 거 축하하고 아들 팀장님 된 거 축하해! 어, 마시진 말고 짠만 해!"

아버지 덕분에 어머니도 걱정이 조금 놓였는지 얼굴이 미소가 생겼고, 동생들도 편해진 얼굴이 되었다. 그때, 태은이 갑자기 태진을 뚫어져라 쳐다봤다.

"왜?"

"이야, 큰형 이런 건 또 엄마 닮았네? 생긴 건 아빤데 희한하네."

"뭐가?"

"형 맥주 한 모금 마셨다고 얼굴 지금 새빨개. 엄마도 저렇게 되잖아. 얼굴만 빨간 거지?"

태은의 말에 다시 가족들이 걱정을 할까 봐 태진은 급하게 입을 열었다.

"얼굴 빨개? 난 멀쩡한데. 마음 같아서는 더 마시고 싶은데 참는 거야."

"이야, 그런 건 또 아빠 닮았네."

가족들이 태진을 살피고 있었지만, 다행히 크게 걱정하진 않았다. 태진은 다행이라고 생각하며 얼굴을 쓰다듬었다. 정말 한 모금 마셨을 뿐인데 얼굴이 뜨끈뜨끈한 것이 느껴졌다. 그리고 얼굴에 신경을 써서 그런지 갑자기 약간 이상함을 느꼈다.

'어, 두통이 약간 생기는데……'

한 모금의 맥주 때문인지 그냥 생긴 건지 알 수는 없지만 약간의 두통이 생기고 있었다. 하지만 태진은 또다시 가족들에게 걱정을 끼치고 싶지 않단 생각에 티를 내지 않았다.

*　　　　*　　　　*

일찍 출근한 태진이 자리한 곳은 어김없이 연습실이었다. 오늘은 그동안 연습한 걸 촬영하는 날이었기에 참가자들을 응원하기 위해 자리한 것이었다.

"형, 진짜 안 가세요? 같이 갔으면 좋겠는데……"

"일이 많아서요. 연습한 대로만 하면 될 거예요."

"들었어요. 정식 팀 꾸리게 돼서 당분간 바쁘실 거라고."

"누구한테요?"

"에이전트분들이 그러던데요? 그래서 오늘도 못 가신다고."

태진은 헛웃음을 삼켰다. 사실 태진도 촬영장에 같이 가고 싶었지만, 1팀에서 원하지 않았다. 참가자들과 필이 원하고 있기에 자리를 하고 있지만, 이제는 대놓고 배제하려는 것이 느껴졌다. 지금도 참가자들과의 대화를 듣던 곽이정이 못마땅한 표정으로 태진을 불렀다. 그러고는 자신의 휴대폰을 보여 주며 말했다.

"해결 잘 되고 있는 거 맞습니까? 오늘만 해도 내가 받은 연락이 이 정도인데. 내가 왜 이런 전화를 받아야 하는 건지 참. 한태진 씨가 해결한다고 했으니 이런 전화 좀 안 받게 해 주시죠."

곽이정은 통화 목록을 보여 주며 말했다. 무슨 전화를 받았는지 알 수는 없지만, 아마 권단우에 관한 얘기가 있긴 했을 것이다. 태진은 아직 아무것도 해결한 것이 없기에 딱히 할 대답이 없었다.

"최대한 빨리 해결하겠습니다."
"후, 한번 해 봐요. 참 나."

곽이정은 못마땅한 듯 혀까지 차며 태진을 지나쳐 갔다. 촬영장에 못 가는 게 아쉽긴 하지만 그동안 해결할 방법을 찾을 수 있을 시간은 벌었다. 태진은 마지막으로 필과 참가자들에게 인사를 하고는 지원 팀 사무실로 올라왔다.

사무실에 자리한 태진은 곧바로 어제 봤던 영상부터 다시 확인했다. 아까도 확인했듯이 권단우의 댓글은 그대로였고, 그 밑으로 댓글이 어마어마하게 늘어나 있었다.

"음."

권단우가 자신이 쓴 댓글에 대한 반응을 알았다면 아마도 수정을 하든 삭제를 하든 했을 텐데 어제와 그대로였다. 그래서인지 사람들이 상상의 나래를 펼치는 중이었다.

—아니, 권단우가 MfB를 가든 말든 뭔 상관임.
—라액 끝나고 MfB하고 계약하자고 한 거 비밀인데 권단우가 공개한 거 아님?
—그게 왜 비밀임? 자기가 가고 싶은 곳 가는 게 맞지. 진짜 방구석 시어머니들 개많아.
—외국계 기업이라 돈이 많은 듯. 이러다 라액 출연자들 전부 MfB에 들어갈 듯.
—22 이거 MfB 라액 될 듯.
—떨어져도 숲에서 계약하려고 했는데 MfB에서 돈으로 빼어 왔다는 소문 들음.

도대체 어디서 그런 소문을 들었는지 태진은 처음 듣는 얘기였다. 그리고 댓글들뿐만이 아니라 사이버 렉카라고 불리는 크리에이티브들까지 영상을 올렸다. MfB에서 권단우를 데려가려는 이유부터 해서 권단우의 앞으로의 행보에 관한 얘기까지 올라왔다.

대부분 별 영양가 없는 영상들이었지만, 궁금한 마음에 모두를 본 상태였다. 이게 이렇게까지 관심을 보일 일인가 싶었다.

그리고 문제는 그것만으로 끝나지 않았다. 임상시험에 참가했던 동인대학병원에서도 연락이 왔다. 처음에는 지금 상황과 상관이 없을 줄 알았는데 결론적으로는 서로 엮이게 될 걸로 보였다.

─조만간 마지막으로 검진하고 최종 완치 판정 내리려고 합니다. 그와 동시에 CA─A CANCER JOURNAL FOR CLINICS라는 학술지에 저희 연구와 임상시험 성공 사례가 실릴 예정입니다. 그리고 국내에서도 성과 홍보를 하기 위해서 한태진 씨를 인터뷰했으면 하거든요. 이렇게 완벽하게 사회생활을 하고 있다는 걸 한태진 씨만큼 잘 보여 줄 사람은 없을 것 같아요.

임상시험에 참여하는 순간부터 약속이 된 것이었기에 거절할 수도 없는 입장이었다. 예전에도 기사가 나왔던 적이 있었지만, 지금과는 상황이 달랐다. 그때는 그냥 저런 사람이 있구나 하고 넘어갔을 테지만, 지금은 태진의 얼굴이 알려져 있는 상태이기에 더 많은 관심을 가질 것이었다.

"산 넘어 산이네……."

다행인 것은 아직 정확한 스케줄이 잡혀 있지 않다는 것이었다. 부디 시간이 꽤 지난 다음 연락이 오길 바라는 수밖에 없었다. 그리고 지금은 당장 닥친 문제부터 고민하는 게 우선이었다.

"후, 아무래도 권단우 씨한테 연락을 해 봐야겠네. ETV에 물어 봐야 되려나."

연락처를 알면 바로 전화를 하면 될 텐데 문제는 권단우의 연락처가 없다는 점이었다. 예전에 권단우가 번호를 알려 줬을 때 마침 이종락에게서 걸려 온 전화 때문에 저장을 미처 하지 못했다. 태진이 아쉬워하며 전화번호를 어떻게 알아내야 할지 생각할 때, 사무실 문이 열리면서 김국현이 들어왔다.

"안녕하세요! 좋은 아침입니다!"
"어? 촬영장 안 가셨어요?"
"아! 촬영장이요? 음, 크크. 안 가도 된다고 하더라고요. 저 왕따 됐습니다!"
"아……."
"뭐, 좋죠. 인계만 하면 되니까. 인계받을 사람도 촬영장 가서 그냥 올라왔습니다!"

김국현은 아무렇지 않은 듯 환하게 웃으며 자리에 앉았다. 그러고는 태진을 보며 물었다.

"팀장님도 안 불렀죠? 하여간 곽이정 그 양반은. 그런데 뭐 하고 계셨어요?"
"아, 권단우 씨 연락처 좀 알아보려고요."

"아! 그거! 어휴, 곽이정이 그걸로 쪼죠? 위에서도 아무 말 없는 거 보면 회사에서도 문제없다고 생각하는 건데 괜히 스트레스 주려고 그러는 거예요."

태진도 비슷하게 느꼈기에 고개를 끄덕거렸다.

"그래도 그거 해결 안 하면 두고두고 뭐라고 할 거예요. 어떻게 권단우 씨 연락처 알아볼까요? 숲에 연락하면 바로 알 수 있을 건데."
"숲에 아는 분 계세요?"
"그럼요. 이번에 촬영하면서 인사 나눈 분들 있죠."

사람에 관한 정보는 정말이지 누구보다 뛰어났다. 김국현은 걱정 말라는 듯 엄지까지 들어 보이더니 곧바로 통화 버튼을 눌렀다. 그리고 그때, 남은 팀원인 수잔 역시 사무실로 들어왔다.

"안녕하세요."
"수잔도 왔어요?"
"어? 말이 이상한데? 나 다시 가요?"
"하하하, 아니에요! 인계하고 올 줄 알았는데 바로 오셔서 그랬어요."
"아직 다 안 했어요. 할 말도 있고 해서 왔어요."

수잔은 잠시 태진을 쳐다보더니 입을 열었다.

"스미스 팀장님이 점심 같이하자고 할 건데 아마 일 부탁하려고 그러는 거 같아요."

"아."

"아마 나 때문에 그런 부탁하려는 거 같은데! 혹시 힘든 일이면 바로바로 거절해요! 알았죠? 그게 내가 하던 일이기는 한데 그래도 나 때문에 일 맡겠다고 하면 내가 더 부담스러우니까! 알겠죠?"

태진은 가볍게 웃으며 고개를 끄덕거렸다. 그리고 그때, 김국현이 웃으며 태진에게 종이를 넘겼다.

"권단우 휴대폰 번호입니다!"

제2장

—

권단우

　권단우의 휴대폰 번호를 받았지만 어떤 식으로 말을 해야 할지 생각하느라 곧바로 전화를 걸지는 않았다. 수잔은 그런 태진을 보며 화들짝 놀란 표정으로 말했다.

"어? 권단우는 왜요?"
"권단우 아세요?"
"알죠. 어제부터 4팀에서도 전화 오는데. 그냥 우리는 모르는 일이라고 그렇게만 말하고 1팀으로 다 넘기고 있죠."

　4팀에 있는 수잔까지 알고 있는 걸 보면 생각보다 일이 큰 듯했다.

"그래서 알아보니까 팀장님이 연관돼 있던데요? 권단우한테는 뭘 했길래 다른 팀이었던 애가 팀장님 얘기를 해요? 진심 보여 줬다는 소리 하면 나 갈 거예요."

"딱히 한 건 없는데."

"아, 신기하네. 사람이 꼬이는 스타일 같지는 않은데."

수잔은 피식 웃더니 말을 이었다.

"그래서 권단우 진짜 데려오려고요?"

"아니요. 그럴 생각 없어요. 그리고 제 마음대로 데려올 수 있는 것도 아니잖아요."

"으음."

수잔은 잠시 태진을 물끄러미 쳐다보더니 입을 열었다.

"권단우 데려오고 싶으면 데려올 슈도 있을 거 같은데요?"

"안 데려오고 싶은데요."

"뭐야. 진짜 안 데려오고 싶어요?"

"네. 데려올 이유가 없잖아요."

"이럴 땐 또 칼같네. 사람 민망하게."

권단우를 데려올 이유가 전혀 없었기에 한 말이었다. 그런데 김국현은 태진과 달리 궁금한 모양이었다.

"어떻게 데려와요? 우리 배우 영입해요?"

"네, 아까 스미스 팀장이 뭐 부탁하려고 한다는 거 있잖아요. 그게 영입 건이거든요. 우리 회사에 배우가 채이주 씨밖에 없는데 잘 나가잖아요. 그것도 회사 옮기자마자. 그래서 아마 지금 우리 회사에 관심 있는 배우들이 많을 거라서 기회라고 보는 모양이에요."

"아! 하긴 기회는 기회죠! 지금 채이주 씨가 우리 회사 오고 인정받고 있으니까. 그런데 배우 영입에 대해선 아무런 말도 못 들었는데."

"그러니까 미리 알아보는 거죠. 영입 가능성 있는 배우들 몇 명 찍어 놓고 이제 회의할 때 던져 보겠죠?"

"와, 지금 4팀 바쁘지 않아요? 그럴 여유가 돼요?"

"그러니까 우리 팀장님한테 부탁하려고 하겠죠? 채이주 씨 제대로 알아본 것도 팀장님이니까."

"하긴 그렇긴 하지. 그런데 갑자기 스미스 팀장님은 왜 그런 일 한대요?"

"왜긴요. 어차피 배우 늘릴 시기이기도 한데 주도해서 하면 좀 더 좋게 보일 거 아니에요. 지금 에이전트 부서 총괄 팀장 비어 있잖아요."

대화를 듣던 태진은 약간 놀랐다. 곽이정이라면 모를까 스미스마저 자리에 욕심을 낼 줄 몰랐다. 그때 김국현이 웃으며 말했다.

"하긴 직장인이니까 승진을 하고 싶겠죠. 아무리 연차로 연봉이 올라가더라도 직급이 달라지면 월급도 달라지니까! 역시 돈!"

"스미스 팀장님 그런 분 아니에요. 그냥 뭘 하려 해도 옆에서 딴지 거니까 그게 싫어서 총괄 팀장 되려는 거지, 자리에 욕심 있고 그런 사람 아니에요."

"어? 팀장님인데 누가 딴지 걸어요?"

"누구긴요! 다른 팀 팀장들이죠. 알게 모르게 견제 엄청 하잖아요. 스미스 팀장님이 팀장들 의견 엄청 잘 들어주거든요? 그만큼 자기 의견도 잘 들어주길 바라는데 그게 안 되니까 스트레스 받는 거죠."

"오호라! 부딪히기 싫으니까 아예 위에 앉아 버리겠다!"

태진은 그림이 상상되었다. 부사장 조셉이 지원 팀을 정식으로 꾸리겠다고 알렸을 때도 곽이정을 필두로 다른 팀장들이 전부 반대하고 나섰던 게 떠올랐다. 그런 일이 자신에 한해서만이 아니라 평소에도 자주 있는 듯했다. 그러다 문득 어떤 배우를 염두에 두고 있는지 궁금해졌다.

"그런데 어떤 사람을 영입하려고요?"

"정해진 건 없는데 지금 원하는 건 작품도 좀 했고, 경력도 좀 있는 배우를 원하죠. 계약금이 좀 들더라도 연기력을 인정받은 배우를 원할 거예요."

"아까 권단우 씨도 될 거 같다고 했잖아요."

"아! 그건 그냥 뭐 팀장님이 제대로 봤으면 될 거 같아서 말한 거죠. 누가 채이주 씨가 그렇게 연기가 늘 줄 알았겠어요. 팀장님 아니면 지금까지 아무도 몰랐을 텐데. 아마 스미스 팀장님도 팀장님이 말하면 생각은 해 볼 거란 얘기였어요."

"아."

"그리고 신인들은 이번에 라액 끝나면 두세 명 정도 들어올 거 아니에요. 그런데 다 젊은 사람이면 좀 무게감이 없어서 균형을 좀 맞추려고 그러는 거 같아요."

말을 하던 수잔이 갑자기 흠칫 놀라며 말했다.

"왜요! 일 맡으려고요? 지금도 바쁘면서!"

"바쁘진 않아요."

"뭘 안 바빠요! 우리 회사에서 제일 바쁘다고 소문났는데."

태진은 가볍게 웃었고, 김국현이 대신 대답했다.

"지금 곽이정한테 견제당하는 중이라서!"

"네? 그 사람은 또 왜 그런대!"

"팀장님 1팀에 데려오려 했는데 안 되니까 그러는 거죠."

"하긴… 나도 팀을 꾸릴 줄은 몰랐으니까. 그래서 지금 사무실 에 있는 거구나!"

수잔은 태진을 쳐다보더니 이내 주먹을 불끈 쥐며 말했다.

"이럴 게 아니라! 아예 총괄 팀장을 해 버려요! 곽이정이 찍소 리도 못 하게!"

"제가요? 저 신입이라 팀장 된 것도 달갑지 않아 하는데."

"그것도 말이 안 되는데 더 말도 안 되는 걸 해 버려요!"

수잔은 진심이라는 듯 자신을 총괄 팀장에 앉히겠다는 의지를 보였고, 김국현까지 좋은 생각이라며 동조하며 주먹을 불끈 쥐었다. 태진은 그런 팀원들의 모습에 가볍게 웃었다.

"배우다 보면 올라가겠죠."
"오! 안 한다는 소리는 안 하시네!"
"하하. 아주 나중에 일을 잘 알게 되면 해도 되겠죠."

아주 먼 얘기라고 생각한 태진은 가볍게 웃고는 수잔을 쳐다봤다.

"그런데 안 바쁘세요?"
"아! 내가 이럴 게 아니지!"

역시 바쁜 와중에도 자신에게 정보를 주려고 올라온 모양이었다. 그런데 바빠 보이는 수잔이 내려갈 생각도 하지 않고 갑자기 자리에 앉더니 갑자기 휴대폰을 쳐다봤다.

"컴퓨터 언제 들어오지. 팀원 꾸린 거 경영 팀에 올렸어요? 그거 올려야지 컴퓨터 오는데."
"아! 이제 해야죠. 그런데 안 내려가세요?"
"일 넘겨주고 있어서 괜찮아요."

말을 하던 수잔이 태진을 힐끔 쳐다보더니 조심스럽게 말했다.

"지원 팀 지금 정말 안 바쁘죠?"

"네, 안 바빠요. 아직 일이 없어서요."

"다행이네. 사실 사무실에 아무도 없는 줄 알고 왔거든요. 할 게 있어서 몰래 조용히 하려고 했는데!"

"무슨 일 하시는데요?"

"저번에 말한 거 있죠? 연극배우들."

"아, 네."

아마 수잔을 지원 팀에 스카우트할 때 했던 얘기를 하는 모양이었다.

"전에 같이 극단에 있던 친군데 이번에 새롭게 연극을 준비하고 있거든요."

"아하. 그거 도와주시는 거예요?"

"원래 낮에는 잘 안 하는데 급한 모양이더라고요."

"어떤 일인데요?"

"공연 장소 섭외하고 배우 섭외요. 전 알아봐만 주는 거고요. 그런데 이게 좀 쉽지 않아요. 배우는 그렇다 쳐도 공연장은 코로나 이후로 문 닫은 곳이 워낙 많아서 좀 힘드네요. 지금 이 친구들 말고도 다른 연극하는 애들도 공연장 없어서 저한테 물어본 애들이 많아요."

"공연장이 그렇게 없어요?"

"있긴 하죠. 돈이 문제지. 그리고 이 친구들이 마지막이라고 생각하고 해서 스케줄 맞추려고 급한가 봐요. 그러니까 시간도 없으니까 배우 섭외하기도 애매하고 그래요. 내용도 대략 들어 봤는데 나르시시즘 이런 얘기거든요. 그 자신의 모자란 부분을 외모로 메꾸려는 그런 얘기예요. 요즘 성형들 많이 하고 그러잖아요. 그런 걸 빗대어서 극을 쓴 거 같아요."

"음, 그럼 배우가 일단 잘생겨야 겠네요."

"그렇죠. 그래서 재네들이 원하는 건 아이돌인데. 아이돌이 한가하게 연극을 하겠어요? 그리고 시간이 된다고 하더라도 돈이 안 되는데 좀 그렇죠. 만약에 극단이 이름이 좀 있다면 모를까 이름도 거의 없다 보니까 섭외하기가 힘들죠. 아무리 인지도 낮은 아이돌이라도 연극보다는 행사 한 번 뛰는 게 더 이득이니까."

그러던 중 한 사람이 머리에 스쳐 지나갔다. 바로 방금 전까지 얘기하던 권단우였다. 시간도 될 것 같은 데다가 극에 딱 맞게 잘생기기까지 했다.

"대사 있어요?"
"대사요? 당연히 있겠죠."

뮤직비디오에서 봤던 것처럼 대사가 없다면 괜찮았을지 모르지만, 대사가 있었을 때의 권단우는 많이 부족해 보였다. 그때, 수잔이 궁금하단 표정으로 물었다.

"아는 사람 있어요?"

"권단우 씨 생각했는데 아무래도 연기력이 좀 부족할 거 같아서요."

"권단우! 권단우가 하면 대박이죠. 오히려 아이돌보다 더 잘생겼는데! 그런데 권단우가 할까요?"

"물어봐야죠. 어차피 연락하려고 했으니까 물어보면 되겠죠. 그런데 연기가 조금……."

"에이! 가르치면 되죠. 아이돌들도 연기 못하는 애들이 얼마나 많은데. 그런거 감안하고 부탁했을 거예요. 이야, 아주 난리 나겠는데요?"

"안 될 수도 있으니까 미리 말하지 말고요."

"알았어요. 그런데 언제 만나기로 했어요? 한다고 하면 간단하게 연기 같은 거 찍어서 주면 더 좋아할 텐데."

전화로 얘기하려고 했었는데 수잔의 말을 듣고 나니 만나서 얘기하는 편이 더 나을 듯했다.

"지금 바로 전화해 볼게요."

태진은 김국현이 알아 온 번호를 누르고 통화 버튼을 눌렀다. 그리고 신호음이 몇 번 울리기도 전에 권단우의 목소리가 들려왔다.

—어, 안녕하세요. 팀장님.

"저인 줄 아셨어요?"

—네? 네. 번호 떠서요.

"아."

전에 줬던 전화번호를 저장했는지 태진이란 것을 알고 있었다.

—안 그래도 연락드리려고 했었거든요. 저 정말 죄송해요. 방금 일어나서 지금 알았어요. 댓글 빨리 지울게요.

"알고 계셨어요?"

—네, 친구들한테 연락이 와서 알았어요. 그냥 반가워서 한 말인데… 정말 죄송해요.

태진이 미안해질 정도로 권단우의 사과는 계속되었다.

—이거 때문에 전화 주셨죠?

"그것도 있고 다른 이유도 있어서요. 혹시 오늘 시간 되세요? 만나서 얘기했으면 하는데."

—네, 딱히 약속은 없어요. 제가 방금 일어나서 준비하고 가려면 시간이 좀 필요하거든요. 지금 11시니까 2시까지 가면 될까요?

"제가 갈게요."

—아니에요! 제가 MfB 앞으로 갈게요.

태진은 자신이 약간 갑의 위치가 된 듯해 찜찜한 마음에 자신이 가려고 했지만, 권단우는 자신이 가는 게 편하다고 했다.

'스미스 팀장이 부를 수도 있으니까 그게 낫겠네.'

미안하긴 했지만, 태진도 그 편이 나았기에 권단우가 하자는
대로 하는 게 나을 듯했다. 그러던 중 만나자는 이유를 묻지 않
았다는 것이 떠올랐는지 권단우가 조심스럽게 입을 열었다.

─저. 혹시 무슨 일로 그러시는지 알 수 있을까요?
"아, Y튜브 일도 있고요. 또 제안할 게 있어서요."
─제안이요?
"연극 배역이 들어와서 권단우 씨한테 제안하려고요."
─아……

어째서인지 권단우가 말이 없었다. 태진은 혹시 마음에 들지
않는 건가 하는 생각을 하며 잠시 기다릴 때 권단우가 멋쩍은 웃
음과 함께 입을 열었다.

─흐, 역시 다르시네요.
"네?"
─다른 회사들한테 연락 오면 전부 광고부터 시작해 인지도
쌓자고 그런 식이었거든요. 혹시 그런 건가 싶어서 물어본 거예
요. 그럼 2시까지 가겠습니다!
"아니에요. 그냥 제가 갈게요. 사람들이 알아봐서 힘들 수도
있잖아요."

─아닙니다. 아무도 못 알아봐요. 제가 가는 게 편할 거 같아요.

　권단우를 데려가려던 회사들로부터 그런 얘기를 많이 들은 모양이었다. 사실 태진도 지금의 권단우는 CF가 더 잘 어울릴 것 같았지만, MfB 소속이 아니다 보니 그런 제안을 하지 않았던 것뿐이었다. 그런데 권단우는 태진이 다른 사람들과는 다르다고 오해를 하며 기쁘게 전화를 끊었다.

　약간 찝찝하긴 했지만 일단 약속을 정했기에 태진은 기대감에 부풀어 있는 수잔을 보며 말했다.

　"혹시 대본 받아 볼 수 있어요?"
　"당연하죠! 보내 달라고 하면 바로 줄 거예요. 제가 바로 연락할게요."

　수잔은 곧바로 전화를 걸었고, 태진은 권단우가 그동안 어떻게 변했을지 생각했다.

＊　　　　＊　　　　＊

　태진은 스미스와 점심을 같이 하는 중이었다. 수잔이 말한 대로긴 했지만, 자세히 들어 보니 수잔이 얘기했던 것과는 조금 달랐다.

　"내가 수잔한테 캐스팅 맡긴 거 알고 있죠?"

"네, 오늘 들었어요."

"후, 그걸 왜 오늘 들었을까요."

"네?"

스미스는 약간 허탈한 웃음을 뱉고는 말을 이었다.

"한 팀장이 사람 보는 눈이 뛰어난 거 같아서 부탁 좀 해 보려고 했는데 지원 팀이 워낙 바빠야죠. 그동안 혼자 했잖아요. 거기다 정식 업무도 아니라서 요청할 수가 없더라고요."

"아."

"수잔하고 한 팀장이 친한 건 아니까 혹시나 부탁할 수 있지 않을까 했는데 내 판단이 틀렸죠. 수잔은 자기 일을 남한테 안 넘기는데 내가 그걸 간과해 버렸네요. 하하."

애기를 듣다 보니 처음부터 자신에게 부탁을 하고 싶었단 뜻이었다. 태진은 자신 때문이라면 일을 맡지 말라고 끝까지 당부하던 수잔의 모습이 떠올라 피식 웃어 버렸다.

"어떻게 부탁 좀 드려도 될까요? 아무래도 정식으로 요청하는 게 아니라서 힘들겠지만, 시간 좀 남으면 부탁할게요. 대신 내가 회의할 때나 한 팀장이 곤란할 때 한 팀장 편에 서도록 하죠."

편을 들어 준다는 소리에 혹하긴 했지만, 태진도 딱히 누구를 추천해야 할지 감이 오지 않았다.

"어떤 분들을 생각하시는데요? 수잔한테 듣기에는 경험 있는 배우들 찾고 있었다고 들었거든요."

"그렇죠. 정확히 얘기하면 채이주 같은 그런 배우들. 한마디로 포텐이 터질 가능성이 있는 그런 배우들입니다."

태진은 그런 배우들이 있는지 떠올려 봤지만, 누구 하나 떠오르는 사람이 없었다. 채이주만 하더라도 많은 대화를 하고 옆에서 지켜봤기에 지금 같은 인정을 받는 것이지 화면으로만 보고선 저 사람이 포텐이 있는 배우인지 아닌지 알 수가 없었다.

"아니면 내가 배우들 추려서 보여 주면 같이 상의 좀 해 줬으면 좋겠어요."

"저보다 더 잘 아시는데 제가 도움이 될까요?"

거절의 의미도 담겨 있었지만, 진심이기도 했다. 그런데 스미스는 어이없다는 웃음을 뱉으며 말했다.

"너무 겸손하네. 채이주만 봐도 그건 인정받을 수 있어요. 내부 평가 보면 라엑이랑 신품별 하기 전의 채이주는 배우가 아닌 모델로 봐도 무방할 정도의 평가였거든요. 그러다 보니까 C등급으로 매겼는데 지금은 완전 달라요. 최근에 A급이었는데 대중들 반응 보면 곧 S급 되겠죠. 그리고 그걸 알아본 사람이 한 팀장뿐이잖아요."

아직도 연습을 도와주고 있다 보니 연습을 하기 전에 어떤 연기를 펼치는지 전부 다 알고 있는 태진은 채이주가 그 정도라고는 생각이 들지 않았다. 그래도 그 노력만큼은 인정받아 마땅했기에 고개를 끄덕거렸다.

"거기다가 지금 2팀에서 이번 라액 출연한 참가자들 계약 준비하는 거 알고 계시죠?"

"아, 몰랐어요. 벌써요?"

"벌써라니요. 미리미리 준비해야지 최대한 싸게 데려오죠. 그래도 최정만은 완전 파격 대우예요. 보통 신인들 처음 계약하면 잘해야 7 대 3이에요. 보통 회사가 7이죠. 그 이후에 인지도 쌓고 작품 많이 하고 그러면 배우가 더 가져가긴 하는데 보통 신인은 잘해야 3이죠. 그런데 이번에 2팀에서 준비하는 건 5 대 5예요."

"아."

"그만큼 인정받는 거죠. 뭐 트레이닝 비용 같은 게 안 들어서 그럴 수도 있는데 그렇게 해서라도 무조건 데려오겠다는 거예요. 그만큼 최정만한테서 스타성을 봤다는 얘기고요. 그리고 그걸 발견한 사람이 누구? 바로 한 팀장이죠."

왕따를 당하는 중이다 보니 다른 팀에서 어떤 일을 하고 있는지 알 수가 없었다.

'와, 정만 씨 인정받는구나.'

정만이 사람들에게 인정을 받는 건 자신이 인정을 받는 것이나 다름없었다. 그러다 보니 태진은 대화 중에 뿌듯한 마음이 들었다. 하지만 최정만도 Y튜브에 영상이 있었기에 가능한 것이었다. 거기에 오디션프로그램이다 보니 사람들이 관심을 보여 빠르게 성공한 경우였다. 이전과 달리 이번 일은 분명히 어려울 거란 걸 알고 있지만, 스미스가 하도 칭찬을 하는 통에 거절을 하기가 쉽지 않았다. 그때, 태진의 휴대폰이 울렸고, 번호를 보니 오후에 만나기로 한 권단우였다.

"저 잠시만 전화 좀 받겠습니다. 여보세요."

—팀장님 저 단우인데요. 약속했던 커피숍에 자리가 없어서 뒷골목 커피숍에 있거든요. 나오실 때 전화 주시면 나가겠습니다.

"벌써 오셨어요? 저 금방 나갈게요."

태진은 확실한 대답을 할 수 없던 상태였는데 권단우의 전화로 인해 자리를 벗어날 수 있을 것 같았다. 아나나 다를까 바쁜 태진의 모습에 스미스 팀장이 한발 물러서는 듯 보였다.

"바쁘신가 보네요. 아무튼 당장은 아니니까 좋게 생각해서 도움 좀 주세요."

"네, 저도 한번 알아볼게요."

"그래요. 고마워요. 그리고 수잔도 잘 부탁하고요."

"제가 더 도움받을 거 같아요."

"하하. 하긴 수잔이라면 잔소리를 해서 그렇지 자기 일은 똑 부러지니까. 아무튼 또 연락할게요."

스미스와 식사 자리를 드디어 끝낸 태진은 인사를 한 뒤 서둘러 밖으로 나왔다.
권단우에게 전화를 해 나오라고 하기보다는 직접 찾아가는 게 나을 것 같았기에 태진은 권단우가 있다는 커피숍으로 들어갔다.

'후, 사람들한테 둘러싸여 있는 건 아닌지 모르겠네.'

2차에서 탈락했음에도 불구하고 얼굴 천재라고 불리는 외모 덕분에 아직까지도 사람들의 관심을 받고 있는 그였기에 다소 걱정이 되었다. 그런데 들어간 커피숍은 굉장히 조용했다.

'여기가 아닌가?'

커피숍에 앉아 있는 사람들을 둘러봤지만, 아무리 찾아도 권단우가 보이지 않았다. 혹시 화장실을 간 건가 싶어 잠시 서서 기다릴 때, 주변에서 소리가 들려왔다.

"저 사람, 그 사람이지?"
"맞는 거 같은데?"

표정을 지을 수 있었다면 웃으며 인사라도 했을 텐데 그럴 수 없다 보니 아예 듣지 못한 시늉을 해야 했다.

'권단우 씨보다 내가 더 문제네.'

태진은 이 상황을 벗어나기 위해 서둘러 전화를 꺼냈다. 그러고 전화를 걸려 할 때, 구석 자리에 있던 한 사람이 벌떡 일어났다.

"한태진 팀장님!"

그와 동시에 커피숍에 있던 사람들이 태진을 쳐다보며 자신들의 생각이 맞았음에 기뻐했다. 다행히 다가오는 사람은 없었기에 태진은 서둘러 자신을 부른 사람을 쳐다봤다.

"어……?"

권단우의 목소리처럼 들렸는데 그곳에 있는 사람은 자신이 알던 얼굴 천재 권단우가 아니었다. 공대생의 교복이라고 불리는 체크 남방에 베이지색 면바지에 더벅머리를 하고 있었다. 게다가 원래 쓰던 안경인지 아니면 변장을 하려고 쓴 안경인지 돋보기처럼 보이는 안경까지 쓰고 있었다.

"안녕하세요. 팀장님."
"아, 네. 안녕하세요."
"제가 커피 사 올게요. 어떤 거 드실래요?"

"제가 사 올게요."

"다 팀장님 보고 있는데 제가 다녀올게요."

권단우는 카운터로 가더니 커피를 사 왔다. 그러는 동안 누구
하나 권단우를 알아보는 사람이 없었다. 아까 통화를 할 때, 알
아보는 사람이 없다고 한 이유를 알 것 같았다. 이러고 다니는데
알아본다면 그게 더 신기할 것이었다.

"이거 드세요."

"고마워요. 그런데 원래 안경을 썼어요?"

"아, 네. 제가 눈이 좀 많이 나빠서요. 좀 이상하죠?"

"이상한 건 아닌데."

"렌즈가 비싸기도 하고요. 안경이 편하기도 해서 주로 안경 쓰
고 다녀요. 그래서 사람들이 대부분 몰라봐요. 집 앞 슈퍼 아주머
니나 지금 일하는 가게 사장님도 제가 TV 나온 줄 모르거든요."

"아, 그래요."

도수가 얼마나 높은 건지, 안경을 한번 직접 써 보고 싶을 정
도로 눈이 작아 보였다. 태진이 그런 단우를 물끄러미 쳐다볼 때,
단우가 조심스럽게 입을 열었다.

"아! 저 그 댓글 수정했어요. 죄송해요. 정말 그렇게 사람들이
관심 가질 줄은 몰랐어요. 저 때문에 곤란하셨죠."

"아니에요. 괜찮아요. 수정한 것 좀 봐도 될까요?"

"네? 아, 네."

왜인지 권단우가 약간 민망해하는 것처럼 느껴졌다. 태진은 어깨를 으쓱거리고는 곧바로 영상에 달린 댓글을 확인했다. 댓글에는 원래의 댓글 밑으로 해명 같은 글을 달아 놓은 상태였다.

─너무 기다리시지 않도록 최대한 빨리 연락드리겠습니다.
─반가운 나머지 생각 없이 쓴 댓글인데 이렇게 많은 관심을 가질 줄을 몰랐습니다. 우선 저한테 보여 주시는 관심 감사합니다. 그리고 제가 쓴 댓글을 보니 오해의 여지가 있었네요. 전 한태진 팀장님하고 딱히 친분이 없는데 제가 친해지고 싶어서 댓글을 남긴 거예요. 그리고 MfB에서는 어떤 연락을 받은 것도 없습니다. 그러니 추측성 댓글은 삼가 주셨으면 좋겠어요. 제 댓글로 인해서 피해를 봤을 한태진 팀장님이나 MfB에 사과드립니다. 그리고 저를 관심 있게 봐 주시는 분들에게 감사 인사 드립니다.

'하……'

댓글 내용이 진실이기는 했다. 그런데 이미 사람들이 상상의 나래를 펼치고 있는 중에 저런 댓글을 남겨서인지 더 많은 오해만 불러일으키고 있었다.

─MfB에서 압박 들어왔나 보네.
─옆에 한태진 있으면 11 치셈.

—저렇게까지 해서 숨길 이유가 있음? 그게 더 궁금한데.

태진이 댓글을 읽고 있을 때, 권단우가 조심스럽게 물었다.

"마음에 안 드시면 다시 바꿀까요? 아니면 아예 지울까요?"
"아니에요. 그냥 내버려 두세요."

이젠 권단우가 무슨 말을 하더라도 오해가 생길 거란 생각이 들었다. 게다가 지금 이런 상태에서 댓글을 지우는 것도 문제였다. 오히려 또 다른 오해를 불러일으킬 수도 있었다. 아무래도 기사를 통해 입장을 밝히는 것이 가장 최선 같았다. 태진은 휴대폰을 집어넣고는 다시 권단우를 봤다.

"혹시 제가 기억을 못 하고 있나 싶어서 그러는데 저하고 뭐한 게 있어요?"
"아니요. 저번에 이창일 선생님하고 뵌 게 다인데……."
"그렇죠?"

도대체 뭘 보고 자신하고 친해지고 싶다는 건지 이해가 되지 않았다.

"그런데 들은 건 좀 있거든요."
"네?"
"저번에 이창일 선생님하고 신을 품은 별 촬영장에 갔었거든요. 그때, 채이주 배우님하고 얘기하면서 들었어요."

"어?"

예전에 플레이스에서 연습할 때, 스쳐 지나가듯 이창일과 권단우가 촬영장에 왔었다는 걸 듣긴 했었다.

"채이주 배우님이 다 말씀해 주셨어요. 다 저 탈락시키자는데 팀장님만 저 칭찬하셨다고요. 아! 저 칭찬해 주셔서 그런 건 아니고 배우님이 팀장님 얘기하는데 되게 행복해 보이시더라고요."

"채이주 씨요?"

"네. 배우님도 연기 그만둬야 하나 고민했는데 팀장님 덕분에 지금 너무 재미있다고 그러셨어요. 그러면서 저한테도 포기하지 말고 열심히 하라고 그러셨어요. 이런 말 하기 좀 민망하긴 한데… 뛰어난 외모에 연기까지 더해지면 그보다 더 큰 무기는 없다고 그러셨어요. 그러면서 그렇게 된 게 다 팀장님이 도와주셔서라고 그러시더라고요. 이쪽 일을 하면서 처음으로 내가 잘됐으면 하는 진심이 느껴지셨다고 그러셨거든요. 그래서 저도 배우를 하게 되면 그런 분하고 하고 싶어서… 저런 댓글 남겼어요. 너무 마음만 앞서서……."

채이주 역시 뛰어난 외모로 인정을 받은 배우였다. 그래서인지 그런 채이주의 조언이 마음에 와닿은 모양이었다. 태진은 코앞에서 듣는 자신의 칭찬이 민망해 괜히 볼을 긁적거렸다. 그래도 권단우가 저런 댓글을 남긴 이유를 알게 되니 속은 편해졌다.

"알겠어요. 그렇게 큰 문제는 아니니까 너무 신경 쓰지 마요."

"혹시라도 문제가 생기면 저한테 연락해 주세요. 제가 책임지 겠습니다."

책임을 지겠다는 말이 귀엽게 보였다. 태진은 입술을 씰룩거리 고는 댓글에 대해선 더 이상 말해 봤자 해결될 것이 없었기에 들고 온 가방을 뒤적였다. 그러고는 꺼낸 대본을 권단우에게 내밀 었다.

"이거 한번 읽어 볼래요?"

태진이 건넨 것은 수잔을 통해 받은 시놉시스였다. 태진도 읽어 보긴 했지만, 시간이 없어 훑어본 정도가 전부였다. 수잔에게 들은 대로 나르시시즘을 기본으로 삼은 내용이었다. 다만 시놉시스이다 보니 대사가 없음에도 불구하고 권단우는 무척이나 집중하며 읽고 있었다. 배낭 같은 가방에서 펜을 꺼내 메모까지 했고, 말을 걸기 어려울 정도로 집중하는 탓에 태진은 가만히 기다릴 수밖에 없었다. 잠시 뒤, 권단우가 고개를 들었다.

"혹시 제가 주연이에요?"

"아마도 그럴 거예요."

"아, 저한테 딱 맞는 얘기 같긴 한데… 제가 주연을 잘할 수 있을까요?"

"확실하진 않고 그냥 제안을 하는 거예요. 오디션은 극단 쪽에서 보고 판단하겠죠."

"아! 그런가요. 김칫국부터 마셨네요."

권단우는 시놉시스가 마음에 드는지 손에 꽉 쥐고 있었다.

"내용은 마음에 들어요?"

"네, 엄청 마음에 들어요. 꼭 제 얘기 같은 느낌이에요."

"권단우 씨 얘기요?"

"네! 시켜만 주신다면 정말 열심히 노력해 볼게요."

태진은 그동안 권단우의 연기를 봤기에 약간 어려운 연기가 되지 않을까 생각했다. 그런데 권단우는 의욕이 넘치고 있었다. 권단우도 자신의 실력을 알고 있을 텐데 연기에 자신이 있어서인지 아니면 연기를 꼭 하고 싶어서인지 배역을 맡고 싶어 하는 모습이었다.

"제가 결정하는 건 아니고 캐스팅을 도와주는 정도예요."

"아! 그런가요."

"그리고 제가 듣기로는 큰 연극은 아니라고 했어요. 극단에 소속되는 것도 아니고 단발성으로 끝나게 될 확률이 높아 보여요."

"괜찮아요. 다른 건 몰라도 이 역할은 잘할 수 있을 거 같아요."

권단우는 이 역을 꼭 맡겠다는 결심을 했는지 굉장히 의욕적이었다.

"저 이창일 선생님이 그러셨거든요. 연기를 하다 보면 분명이 나한테 맞는 옷이 있을 거라고 하셨어요. 그 옷을 입는 순간이 터닝 포인트가 된다고 하셨거든요. 다음에 맞지 않는 역을 맡더라도 저한테 맞는 배역을 기준 삼아 끌어올릴 수 있다고 하셨어요. 지금 제가 보기엔 이 역할이 저한테 딱 맞는 거처럼 느껴져서요."

"음, 그럴 수도 있겠네요."

"여기 보면 사람들한테 인정받으려고 성형수술을 한다고 나오잖아요. 저도 자신감 좀 얻으려고 안경을 벗은 거였거든요. 그리고 처음에는 사람들의 반응에 만족해한다고 나오는데 저도 그랬어요. 그런데 실상은 아무것도 없는 빈껍데기거든요. 그리고 주변에서 실력이 있는 사람을 만나고, 분명 외모는 보잘것없지만 그 사람이 자신보다 더 빛이 나는 걸 느끼는 거예요. 저도… 그랬거든요. 마치 제 마음을 들여다본 것 같은 내용이라서… 잘할 수 있을 것 같아요."

권단우가 열심히 설명하고 있지만, 잘생겨 보지 않아서 딱히 공감은 되지 않았다. 잘생기면 좋은 거 아닌가 하는 생각에 그냥 배부른 소리처럼 들렸다. 그래도 의욕이 넘치는 모습을 보니 권단우가 어떤 연기를 할지 궁금해졌다.

"그럼 여기 대사 조금 있는 걸로 연기 좀 보여 줄 수 있어요?"

"여기서요?"

"네, 간단하게요. 저도 촬영 좀 해 달라고 들어서 촬영 좀 할게요."

"자, 잠시만요!"

권단우는 당황하는 것도 잠시 어떤 식으로 연기를 펼칠지 구상하는 듯 보였다. 그동안 태진은 휴대폰으로 권단우를 촬영할 준비를 마쳤다. 그때, 태진을 알아본 커피숍 손님들이 관심을 보였다. 태진이 에이전트라는 것은 이미 Y튜브 영상에서 알려졌다. 그런 태진이 촬영을 하자 이제는 앞에 있는 권단우에게 관심을 보였다.

"아무리 봐도 구린데?"
"야, 배우잖아. 연기 엄청 잘하나 보지."

속삭이고 있기에 잘 들리진 않았지만, 오히려 그게 더 신경 쓰였다. 그러던 중 아차 하는 생각이 머리에 스쳐 지나갔다. 혹시라도 권단우를 알아보는 사람이 있다면 괜한 구설수에 휘말리게 될수도 있었다. 그때, 권단우가 구상을 마쳤는지 태진을 쳐다봤다.
태진이 그런 권단우를 말리려 할 때, 권단우가 갑자기 엉덩이를 살짝 떼더니 의자를 살짝 들어 태진의 옆쪽으로 왔다.

"아무래도 저 알아보면 민망할 거 같아서요. 이렇게 하면 안 보이니까 괜찮겠죠?"
"아."

이런 경험이 많았는지 태진이 말을 하기도 전에 스스로 사람들을 등진 자리로 옮겼다. 너무 가까워져서 촬영하기가 조금 불편하긴 했지만, 사람들이 알아보는 것보다는 나았기에 태진은 몸을 뒤로 살짝 젖혀 권단우를 촬영하기 시작했다.

"시작하세요."

권단우는 고개를 끄덕이더니 가장 먼저 안경을 벗어 버렸다. 그러고는 양손으로 얼굴을 한 번 쓰다듬은 뒤 그대로 머리카락까지 쓸어 올렸다.

'와……'

안경만 벗었을 뿐인데 하마터면 입 밖으로 감탄사를 뱉을 뻔했다. 사람이 저렇게 잘생길 수 있을까 하는 생각마저 들 정도였다. 그때, 권단우가 눈동자를 양옆으로 움직이며 좌우를 살폈다. 마치 눈치를 보는 듯한 연기였다. 태진은 약간 의아했지만, 일단은 계속 지켜봤다. 그런 권단우는 계속해서 조심스럽게 주변을 살피기만 했다. 마치 자신을 알아보는 사람이 있을까, 사람들의 반응을 살피려는 것처럼 보였다. 아무리 봐도 연기라기보다는 그저 주변을 신경 쓰는 듯했다. 게다가 시놉에는 저런 내용이 없었다. 보다 못한 태진은 휴대폰을 내려놓고 입을 열었다.

"잠시만요."
"네? 아! 네!"
"주변이 신경 쓰이면 자리를 좀 옮길까요?"

"네? 신경 안 쓰이는데……."

"지금 계속 신경 쓰는 거 같아서요."

태진의 말에 고개를 갸웃거리던 권단우가 갑자기 조금 전처럼 주변을 살피는 시늉을 했다.

"이거 말씀하시는 거예요?"

"어?"

"연기한 건데… 아! 시놉에는 없는데… 제가 생각한 거거든요. 처음 수술하고 사람들 반응을 살필 때를 생각하면서 연기한 거예요. 아마도 이런 장면이 있지 않을까 해서요. 이제 사람들의 반응을 보고 나서 점점 자신감을 얻는? 그런 형태로 이어질 거 같더라고요. 저도 처음에 안경 벗고 계속 눈치만 봤거든요."

"아."

태진은 순간 헛웃음이 나왔다. 경험을 바탕으로 한 연기여서인지 연기인지 알아보지도 못했다. 연기를 했다면 흉내가 가능한지 아닌지부터 생각했을 텐데 너무 자연스러워 그런 생각조차 들지 않았다. 그리고 무엇보다 그 짧은 시간에 태진은 생각해 보지도 못한 부분까지 구상한 것이 대단하게 보였다.

"이상한가요? 좀 쓸데없었죠……?"

"아니에요. 캐릭터 분석이 좋은데요?"

"아! 진짜요? 감사합니다! 좀 걱정했는데."

"어떤 게요?"

"전에 잠깐 연기 배울 때나 숲에 있을 때, 선생님들이 다 똑같은 말 하셨거든요. 제가 너무 생각이 많다고 하시더라고요. 너무 잔가지가 많다고 그걸 다 쳐 내야 된다고 그러셔서……. 그런데 이창일 선생님은 또 생각이 많은 게 좋다고는 하셔서… 하긴 했는데."

"저도 그게 좋아요."

"아! 정말요? 다행이다."

권단우가 새롭게 보였다. 지도 방식이나 연기하는 방법은 여러 가지가 있다 보니 어떤 게 옳다고 말하긴 어려웠다. 숲에 있던 지도자들도 전부 경력이 많은 사람들이다 보니 그들의 판단이 맞을 수도 있었다. 하지만 태진이 보기에는 지금 권단우는 아무런 문제가 없어 보였다.

"그럼 라액 할 때 연기는 권단우 씨가 분석한 거예요?"

"아니요. 제가 하면 너무 번잡스럽다고 맞춰 주신 거죠."

"아, 괜찮아 보이는데."

상상력이나 생각은 많지만 아무래도 정리가 잘 안 되는 모양이었다. 그러다 보니 태진은 약간 아쉬운 생각이 들었다. 라이브 액팅을 할 때 권단우가 MfB에 왔다면 결과가 달라지지 않았을까 하는 생각이 들었다. MfB에 있는 필이라면 권단우의 저런 상상력을 누구보다 잘 정리해 줄 수 있을 것 같았다.

"저기, 팀장님 그럼 이어서 해 볼까요?"

아쉽긴 했지만, 아직 단편적인 모습만 봤을 뿐이었다. 다른 연기는 어떻게 펼칠지 궁금했기에 태진은 다시 휴대폰을 들어 올렸다. 그러자 권단우가 다시 연기를 시작했다. 이번에는 의자를 등에 기대더니 한쪽 입꼬리를 끌어 올렸다.

재수 없다는 느낌을 주려고 하는 듯 보였지만, 묘하게 잘 어울렸다. 저 정도 얼굴이면 저러는 게 당연하지라는 생각이 들 정도였다. 마치 권단우의 연기에 설득이 되는 느낌마저 들었다. 그때, 갑자기 태진의 뒤에서 낯선 사람의 말이 들려왔다.

"어! 와."

고개를 돌려 보니 커피숍에 있던 여성이었다. 아무래도 이쪽이 궁금했는지 화장실을 가는 척하며 권단우를 살피러 온 듯했다. 그 여성은 놀란 표정을 숨기지 못한 상태로 권단우를 봤고, 태진은 괜한 구설수에 오를까 약간 걱정이 되었다. 그때, 권단우가 그 여성을 보더니 무척이나 시큰둥한 말투로 입을 열었다.

"왜요?"

태진은 화들짝 놀라 휴대폰을 급하게 내렸다. 아직 정식 배우는 아니지만, 사람들의 많은 관심을 받고 있는 사람이 누가 봐도 싸우자는 표정과 말투로 말을 뱉었다. 가장 먼저 든 생각은 인터넷이었다. 분명 SNS에 권단우 싸가지라는 말이 나올 게 뻔했다. 그러다 보니 지금 이 상황에서 안 놀라는 게 더 이상했다. 잘못한 건 없지만 아무래도 사과를 하는 게 권단우를 위해 좋을 거란 생각에 태진은 서둘러 고개를 돌렸다. 그때, 태진의 눈에 어이없는 모습이 보였다.

"아! 아니에요. 죄송해요."

그 여성은 사과를 하는 와중에도 미소를 유지하며 권단우를 조금이라도 더 눈에 담으려고 했다. 그렇게 아쉬워하며 자리로 돌아가자 권단우는 표정을 살짝 찡그린 채로 다시 고개를 돌려 태진을 봤다.

"아, 촬영 안 하시고 계셨어요? 아, 그럼 괜히 그랬네. 잠시만요."

권단우는 다시 안경을 쓰고는 방금 전 뒤에 있던 여성의 테이블로 갔다. 그러고는 뭐라고 대화를 하는지, 무척 화기애애한 분위기였다. 태진은 어이없는 표정으로 그 모습을 가만히 지켜봤다. 잠시 뒤, 돌아온 권단우가 웃으며 말했다.

"연기 연습 중이었다고 말하고 왔어요."
"그랬더니요?"
"네? 그게 단데요. 아, 이거 비스킷도 주셨어요. 열심히 하라고."

아무리 자신이 잘못했다고 하더라도 '왜요'라는 말을 들으면 기분이 좋지 않을 텐데 아무 일도 없던 것처럼 넘어갔다. 심지어 그 와중에 선물까지 받아 왔다.

'아… 잘생기면 저런 것도 되네.'

아무것도 안 한 자신은 허세 부린다고 욕까지 먹고 있는데 이런 면에서는 약간 불공평하게 느껴졌다. 태진은 괜히 헛웃음을 뱉고는 다시 권단우를 봤다.

"누군지 못 알아봐요?"

"네, 못 알아보는 거 같더라고요. 그냥 잘될 거 같다고 응원해 주셨어요. 저 안경 벗고 다녀도 알아보는 사람 그렇게 많지 않아요."

"흠, 그래요. 그럼 방금도 연기였어요?"

"아! 네. 이제 사람들의 반응에 좀 익숙해져서 좀 건방져진 그런 설정이에요."

"원래 권단우 씨도 그랬어요?"

"음… 남이 볼 땐 어떨지 모르겠는데 제가 생각하기로는 그러진 않은 것 같아요. 안경 벗고 다닌 적도 별로 없어서요."

태진은 신기한 마음에 권단우를 뚫어져라 쳐다봤다. 잘생긴 건 둘째 치고 이번 것 역시 흉내 낸다는 생각이 나지 않는 자연스러운 연기였다. 마치 실생활을 보는 그런 느낌이었다. 하지만 그래서인지 엄청 연기를 잘한다는 느낌은 아니었다. 지적을 하기도 애매했고, 칭찬을 하기도 애매한 그런 느낌이었다. 다만 캐릭터 분석만큼은 굉장히 뛰어났다. 여기서 연기에 느낌만 있으면 충분한 포텐을 가진 배우가 될 것 같았다. 그와 동시에 스미스가 부탁했던 일이 떠올랐다.

"시간 되면 연기 좀 더 볼 수 있을까요?"

*   *   *

MfB의 연습실에 자리하게 된 권단우는 상당히 들떠 있었다. MfB에 와 있는 것 때문이 아니라 누군가와 진지하게 연기에 대해 얘기를 나누는 것이 기뻤다. 대부분 자신의 연기에 대한 지적이었지만 그것마저도 굉장히 기뻤다.

한편 태진은 권단우의 연기가 굉장히 아쉽게 느껴졌다. 연기 자체가 아쉽다는 것이 아니라 캐릭터 분석에 비해 연기가 따라주질 못하는 점이 아쉬웠다. 캐릭터 분석만큼은 마치 그런 사람이 실제로 존재하고 있을 것 같은 생각이 들 정도로 뛰어났다. 게다가 수잔이 부탁한 연극뿐만이 아니라 태진이 갖고 있던 신품별에 나오는 배역까지 굉장히 세밀하게 분석했다. 그것도 굉장히 쉽고 빠르게.

'권단우 씨가 말한 대로 하면 더 재밌었겠네.'

이미 지나간 방송이었기에 지금 분석하는 것 자체는 의미가 없었다. 다만 태진은 권단우가 새롭게 보이는 중이었다. 지금은 혼자만 그렇게 생각하는 것인지 확인을 하기 위해 수잔까지 불러 권단우의 연기를 보는 중이었다. 그때, 수잔이 걱정된 표정으로 입을 열었다.

"일단 지금 영상 보내긴 했는데 괜찮을까 모르겠네요."

"수잔이 보기에는 권단우 씨 연기가 어때요?"

"방송에서 보던 그대로인데요?"

"별로예요?"

"잘생기긴 엄청 잘생겼는데 연기는 그냥저냥? 저 정도 연기 하는 애들은 엄청 많죠."

"연기보다는 캐릭터 분석을 굉장히 잘해요."

"배우가 연기를 잘해야지. 캐릭터야 대본 쓴 작가 의중이 더 중요한데. 거기에 약간의 살 정도만 붙이면 되잖아요."

"제가 보기에는 극이 훨씬 더 잘 살아요. 잠깐의 장면만이 아니라 극을 끝까지 어떻게 이끌어 나갈지 생각하더라고요."

"음. 그래서 보내긴 했는데 저쪽에서 어떻게 받아들일지 모르겠네요. 그런데 그 생각한 걸 자기 연기에 못 담는 게 문제네요."

태진과 수잔은 혼자 대본을 소리 내어 읽고 있는 권단우를 가만히 쳐다봤다. 그러던 중 수잔이 약간 못마땅한 표정으로 입을 열었다.

"그냥 연기하는 게 아니라 자기 마음대로 하는 거 같은데요?"

"그렇죠? 뭘 해도 좀 자연스러워 보여요."

"장난하는 거 같기도 하고. 그래서 그런가?"

"뭐가요?"

"좀 부산스럽다고 해야 되나. 보면 볼수록 좀 정신없는 그런 느낌인데요? 그런 사람들 있잖아요. 뭘 하나를 말하고 싶은데 요약해서 말할 줄 몰라서 막 이거저거 살 붙여서 설명하는 사람들. 예를 들면 MfB를 설명한다 치면 그냥 MfB라고 하면 되는 걸 차가 많이 다니는 8차선 도로에 8층짜리 건물에다가 건너편에는 상가들 잔뜩 있고! 막 이렇게 설명하는 거요."

수잔의 말을 듣고 보니 확실히 쓸데 없는 행동이 너무 많았다. 굉장히 세세하다고 볼 수도 있지만, 오히려 좀 부산스럽게 느껴졌다. 숲에 있을 때 연기 지도자가 괜히 그런 말을 한 것이 아니었다. 그렇다고 권단우가 한 캐릭터 분석을 아예 바꾸고 싶은 마음도 없었다.

"좀 간단하게 보여 줬으면 좋겠는데."

"맞아요! 그렇게만 되면 좋을 거 같아요."

태진은 연기를 하는 권단우를 불렀다. 꽤 오래 연기를 시켰는데도 뭐가 좋은지 해맑은 모습이었다.

"저기 단우 씨."

"네! 말씀하세요!"

"음."

직설적으로 말하고 싶은데 권단우에 대해서 잘 알지 못하는 데다가 동그랗게 뜨고 있는 눈을 보니 잠시 머뭇거리게 되었다. 그래서 옆에 있는 수잔을 보자 언제 지적을 했냐는 듯 권단우를 따라 웃고 있는 중이었다.

"음."

"이상했나요? 제가 보기에는 원래는 무거운 분위기를 가진 사람이 아닌데 의지를 다지고자 일부러 그런 분위기를 만드는 사람 같거든요. 그러니까 기분 좋아하는 건 좀 오버해서 한 거예요. 그래야 다른 사람들한테 걸렸을 때 좀 더 재미있을 거 같았어요. 그리고 다시 정색하려고 하지만 정색이 잘 안 되면 느낌이 더 잘 살 거 같아서요."

"그래요. 좋아요. 그런데 그냥 회상하는 것처럼 시간을 길게 끌어서 오버할 필요는 없을 거 같아요. 좀 지루해지는 느낌이에요."

"아! 그런가요. 전 모르는 사람이 있을까 봐서요. 그럴 수 있겠네요."

원래 저런 성격인지는 알 수 없지만, 지금까지 본 권단우는 인정도 빠르고 받아들이는 것도 빨랐다.

"그런 걸 간단하게 보여 주는 게 어떨까요? 표정으로 보여 줄 수 있을 거 같은데."

"어떻게요? 이렇게 하면 될까요?"

권단우가 표정 연기를 했지만, 앞에와 다를 게 없었다. 앞에 했던 그대로에서 표정만 연기하는 중이었다.

'이건 보여 줄 수도 없고.'

마음 같아서는 상상하고 있는 표정을 직접 보여 주고 싶었지만, 그럴 수가 없었다.

"일단 흐뭇해하는 표정을 지어 봐요."
"이렇게요?"
"아니, 아니. 아니! 앞에 아무도 없다고 생각하고 해요. 누구 쳐다보지 말고."
"넵!"
"그래요. 그렇게 옅은 미소를 짓고 가만있어 봐요. 이제 들킨 다음의 표정을 짓는 거예요. 천천히 미소가 사라지면서 평소의 무거운 분위기로 갑니다. 아니, 아니! 왜 또 힐끔 쳐다봐요. 그러지 말라니까요."
"넵!"

대답은 기가 막힌데 계속 연기에 살을 붙이려고 하고 있었다. 자신도 모르게 목소리가 커진 태진은 한숨까지 뱉고는 권단우의 앞으로 다가갔다.

"얼굴에 손 좀 댈게요."

태진은 조각이라도 하듯 무거운 분위기를 연기하는 권단우의 눈썹을 엄지손가락으로 올렸다.

"눈썹은 이렇게 유지. 그리고 입안에 볼살을 물어 봐요. 세게 는 말고 살짝. 뭐 씹는 거처럼! 그렇게요. 그리고 턱에 호두 만드 는 것처럼 살짝 내밀면서 위로. 옳지."

그때, 사진을 찍는 소리가 들렸고, 고개를 돌려 보니 수잔이 휴 대폰을 들고 있었다.

"푸흡, 대박 웃기네. 조각가예요?"

권단우는 궁금한 와중에도 태진이 만들어 놓은 표정을 유지하 려 애쓰고 있었다. 태진은 그런 권단우를 두고 뒤로 조금 물러나 가만히 쳐다봤다. 그리고는 몇 번이나 왔다 갔다 하면서 표정에 손을 대고는 고개를 끄덕거렸다.

"이게 딱이네요. 수잔, 사진 찍었어요?"
"네, 아! 웃으면 안 되는데 웃기네."
"권단우 씨 표정 이상해요?"
"표정은 안 이상한데 둘이 하는 짓이 웃겨서요. 단우 씨, 이제 그만 편하게 있어요. 얼굴에 쥐 나겠는데요?"

태진은 사진이 어떻게 담겼는지 궁금한 마음에 수잔의 휴대폰을 살폈다. 그사이 권단우도 얼굴을 만지며 옆으로 다가왔다. 태진은 그런 권단우에게 휴대폰을 고갯짓으로 가리켰다. 그러자 권단우는 자신이 담겨 있는 사진을 물끄러미 쳐다봤다.

"아."

무언가를 느낀 것 같은 권단우의 모습에 태진은 잠시 기다려 주었다. 그리고 잠시 뒤 권단우가 뭔가를 알았다는 듯 고개를 끄덕거렸다.

"제 표정이 문제였군요!"
"네?"
"팀장님이 만져 주셨는데도 굉장히 어정쩡해 보여서요! 아, 표정 연습을 많이 해야겠어요!"

태진은 어이가 없어 헛웃음을 뱉으며 권단우를 봤다. 그때, 태진과 마찬가지로 헛웃음을 뱉은 수잔이 입을 열었다.

"일부러 어정쩡한 표정을 짓게 만든 거예요. 근엄한 척하려 하는데 그게 잘 안 되는 거를 표정으로 드러내려고. 이렇게 표정이 나오면 단우 씨가 앞에서 했던 것들 있죠. 무거운 분위기를 일부러 유지하려는 그런 행동들! 그런 걸 안 해도 되는 거죠. 이 표정 하나로 아, 이 사람이 원래는 안 그런데 일부러 근엄한 척하고 있구나, 라고 알려 줄 수 있는 거예요."

"아."

"이렇게 하면 앞에서 쓸데없는 부분을 안 해도 되니까 지루함이 줄어들겠죠? 그래서 표정이 중요한 거예요."

권단우는 갑자기 뭔가를 알았다는 듯 격하게 고개를 끄덕거렸다.

"아! 그래서 이창일 선생님이 이상한 연습 시키셨던 거네요!"

"무슨 연습이요?"

"좀 이상한 거예요. 울면서 웃기. 웃으면서 울기. 화내면서 웃기, 웃으면서 화내기. 막 이런 거요. 지금도 비슷한 거네요. 근엄한 척하면서 민망해하기!"

아무리 봐도 제대로 이해한 것 같은 느낌이 아니었다. 태진은 확인차 질문을 던졌다.

"이창일 선생님이 뭐라고 하면서 그런 연습 하라고 하셨어요?"

"아! 그 러브 에프터 보고 방금 말한 표정 연습 하라고 하셨어요. 아! 책도 많이 읽으라고 하셨고요."

"러브 에프터요?"

"네, 그 미국영화인데 엠마 마리가 주연인 영화예요. 저도 사실 해외 영화는 잘 안 봐서 잘 몰랐는데 재밌더라고요."

"아… 러브 어페어."

"아니요, 러브 에프터요. 이창일 선생님이 사진으로 보내 주셨는데."

권단우는 이창일에게서 메신저로 받은 사진까지 보여 주었다. 이창일은 몇 개의 포스터를 보냈고 그중 권단우가 말한 러브 에프터가 보였다.

"이거 러브 어페어예요."

"이상하다. 에프터 아니에요?"

"어페어. 영어로 어페어라고 써 있잖아요."

"아… 에프터가 아니구나. 하하. 제가 잘못 봤네요."

대화를 하면 할수록 부족한 부분이 많은 친구처럼 느껴졌다. 잘하는 거라고는 캐릭터 분석 하나밖에 없는 것처럼 보였다. 그러던 중 수잔이 질문을 했다.

"그런데 이창일 선생님이 연기도 지도해 주세요?"

"아! 네. 만나지는 못하고요. 이렇게 메신저로 지도해 주세요."

"와, 선생님 메신저도 할 줄 아시고 젊으시다. 그런데 되게 친한가 봐요."

"저한테 잘해 주시더라고요."

생각해 보니 태진도 이창일이 권단우를 챙겨 주는 이유가 궁금했다. 혹시 권단우뿐만이 아니라 다른 참가들한테도 그런 건가 궁금한 마음에 질문을 했다.

"예전 미션 때 처음 만난 거 아니에요?"

"그렇죠."

"그럼 참가자들 다 잘 챙겨 주세요?"

"그건 아닐걸요. 제가 좀 짠하셨나 봐요. 그리고 제가 할아버지, 할머니하고 커서 그런지 좀 어르신 분들이 좀 편해서 얘기를 좀 많이 했거든요. 처음에 제가 어떻게 불러야 될지 몰라서 할아버지라고 불렀는데 그게 좀 재미있으셨나 봐요. 그래서 집에도 초대해 주셨었어요."

"집에까지요?"

"네, 다들 집에 가는데 저만 남아 있으니까 같이 가자고 하시더라고요."

"혼자 연습하고 있었어요?"

"네, 집에 가도 할 것도 없고 어차피 혼자 밥 먹으니까요."

"할아버지, 할머니 계신다면서요."

"3년 전에 돌아가셨어요. 그래서 그냥 혼자 살아요."

그때 권단우의 표정이 눈에 들어왔다. 억지로 웃고 있지만, 슬픔이 묻어 있는 그런 표정이었다. 마음 같아서는 지금 모습을 사진으로 찍어 보여 주고 싶었지만, 진지한 대화 중이었기에 그럴 순 없었다.

"부모님은요?"

"부모님은 기억이 안나요. 엄마는 저 태어나자마자 도망갔다고 들었고 아빠도 어렸을 때 본 것 같긴 한데 지금은 모르고요. 기초 수급 받으려고 서류 떼 보니까 가족관계증명서에 나와 있더라고요. 뭐 하는지는 모르겠는데 살아는 있는 거 같더라고요."

태진은 권단우를 물끄러미 쳐다봤다. 자신을 버린 부모가 원망스러울 만도 한데 그런 것이 전혀 느껴지지 않았다. 그저 남 얘기를 하는 듯 덤덤하게 말하고 있었다. 그때, 옆에 있던 수잔이 안쓰러운 표정으로 물었다.

"혹시 그래서 부모님 찾으려고 배우 하려는 거예요?"

권단우는 어깨를 으쓱거리며 말했다.

"아니에요! 찾아서 할 얘기도 없고 버리고 간 이유도 궁금하지도 않고요. 그럴 만한 이유가 있겠죠."

"후……."

에이전트가 그래선 안 되지만 권단우의 얘기를 들으니 약간 마음이 흔들렸다. 불우한 환경 속에서도 잘 자란 듯 보여서인지 뭔가 도움을 주고 싶은 마음이 들었다.

"그럼 배우가 되고 싶은 이유가 뭐예요? CF 찍을 수도 있었을 텐데."

"아! 그거요. 할머니 때문에요."

"할머님이 단우 씨가 TV에 나오는 걸 보고 싶어 하셨구나."

"아니요. 아니에요. 그런 게 아니라. 제 입으로 말하기 좀 부끄러운데."

"말씀해 보세요."

도움을 줘도 될지 안 될지 판단하기 위해서 질문을 했고, 권단우는 무척 민망해하는 표정으로 말했다.

"멀쩡한 건 허우대밖에 없다고……."

"그럼 CF를 해도 되잖아요."

"광고 같은 건 그 사람의 이미지가 중요하잖아요. 그런데 제 생각이 아니라! 할머니가 그러신 거예요! 언젠가는 똥멍충이인 게 들킨다고. 제가 말하는 걸 좀 좋아하거든요. 그럼 절 믿고 써 준 회사가 타격을 받는다고! 그런데 배우는 연기만 잘하면 평소에 어떻든 괜찮다고 그러셨어요."

조부모를 위해서라는 대답을 기대했던 태진은 순간 헛웃음이 나왔다. 자기 조부모한테까지 멍청하다는 말을 들을 정도면 정도가 꽤 심각할 것 같았다. 하지만 그런 권단우의 모습이 굉장히 친숙하게 느껴졌다. 수잔도 같은 마음이었는지 권단우를 보며 웃고 있을 때, 수잔의 휴대폰이 울렸다.

　　　　　　*　　　　　　*　　　　　　*

　통화를 마친 수잔은 어깨를 으쓱거리며 태진을 봤다. 수잔의 반응을 보아 극단에서 연락이 온 모양이었다.

　"뭐래요?"
　"영상도 다 안 본 거 같은데 무조건 환영이라는데요? 완전 자기들이 찾던 사람이래요."

　태진은 잘된 건지 아닌지 쉽게 판단이 서지 않았다. 권단우도 하고 싶어 하고, 극단에서도 권단우를 원하고 있지만 문제는 서로가 생각하고 있는 기대의 눈높이가 맞을지가 문제였다. 지금 권단우의 모습만 봐도 무조건 하려 할 것 같은 모습이었다.

　"정말이요? 아! 제 어떤 부분을 보고 좋아하셨대요?"
　"그건 아직 못 들었어요. 그냥 자기들이 찾던 사람이라고 엄청 좋아했어요."
　"호호."
　"좋아요?"
　"좋죠! 진짜 열심히 연습해서 반드시 개과천선한 모습 보여 드릴게요."
　"네?"
　"네?"

걱정스러운 표정으로 권단우를 보고 있던 태진은 자신도 모르게 한숨을 뱉었다. 권단우의 할머니가 권단우를 무척 정확히 파악하고 계셨다는 생각만 들었다.

"일취월장."

"아! 맞다. 일취월장. 말하면서도 좀 이상했어요. 맞아, 맞아."

"일부러 어려운 말 쓸 필요 없어요. 편하게 말해요."

"어렵다니요. 전혀 어려운 말 아니잖아요. 저도 아는데 잠깐 헷갈렸어요."

저런 모습을 보니 더 걱정이 되었다. 권단우야 무조건 하고 싶어 할 테지만, 극단이 문제였다. 어느 정도 연기를 하길 바랄 텐데 열심히 한다고 해도 그렇게 될까가 문제였다. 그때, 수잔이 갑자기 가슴을 쓸어내리며 말했다.

"난 개과천선한다고 해서 또 무슨 나쁜 짓 한 줄 알았네! 막 마약 같은 거 하고 그런 거 아니죠?"

"마약이요? 당연히 먹어 봤죠! 전에 일하던 분식집에 마약 김밥 팔았었거든요."

"어, 뭐야. 놀래라! 학교 다닐 때 일진 이런 거 한 거 아니죠? 잘생기면 꼭 얼굴값 하잖아요."

"저 학교를 안 다녔어요. 중학교 1학년에 그만뒀어요."

태진은 이건 또 무슨 말인가 싶어 권단우를 가만히 쳐다봤다.

"저 인기가 너무 많았거든요."

"헐… 그때부터? 떡잎 자체가 달랐고만! 인기가 얼마나 많으면 학교까지 그만둬요?"

수잔이 놀란 것과 달리 태진은 의아한 표정으로 물었다.

"그땐 안경 안 썼어요?"

"썼죠."

"그런데도 인기가 많았다고요?"

"진짜예요. 그때도 키가 학교에서 제일 컸거든요. 진짜 매일 애들하고 같이 놀고 그랬는데. 반 애들이 먹을 것도 잘 주고."

"그런데 왜 학교를 그만뒀어요?"

"할머니가 친구들을 싫어하셨어요."

권단우의 말을 끝까지 듣지 않았지만, 할머니가 무조건 옳았을 거란 생각이 들었다. 지금까지 들은 권단우 할머니의 성격상 남에게 피해 주는 걸 싫어하는 분이셨다. 그러다 보니 분명 이유가 있을 거란 생각이 들었다.

"할머니가 왜 싫어하셨어요? 뭐라고 하시면서 싫어하셨어요?"

"음. 네 아비처럼 되려고 그러냐고. 그 친했던 애들이 좀 노는 애들이었거든요. 그때는 몰랐는데 지금 생각해 보면 그랬던 거 같아요."

"그래서 싫어하셨구나. 그래도 학교까지 그만두는 건······."

"아! 그게 일이 좀 있었어요. 애들이 오토바이를 훔쳤었나 봐요."

"중학생이요?"

"저는 못 봐서 모르는데 그랬었다고 하더라고요. 그런데 애들이 파출소 가서 제가 같이 있었다고 그랬어요. 아마 맨날 같이 있어서 착각했었나 봐요. 그래도 다행히 오해는 풀렸죠."

가만히 듣고 있던 수잔이 어이가 없다는 표정으로 말했다.

"할머니 말대로 진짜 똥멍충이네! 그냥 이용당한 거네! 그런 일 처음 아니죠?"

"두 번 더 있었나 그랬을 거예요."

"그러니까 할머니가 싫어했지! 그래서 학교 그만두라고 그런 거예요?"

"네, 저한테 도움 안 될 거 같다고, 학교 다니지 말라고 그러셨어요. 검정고시 보면 된다고."

"그래서 검정고시 봤어요?"

"보긴 했는데 어렵더라고요."

수잔은 고개를 돌려 태진을 쳐다봤고, 공통점이 생긴 태진도 반가운 마음에 입을 열었다.

"저도 검정고시 봤어요."

"어? 팀장님도요? 진짜 어렵죠?"

"네, 뭐. 그래도 붙긴 했죠."

"붙으셨어요? 와, 역시 팀장님은 똑똑하시네요. 전 세 번이나 떨어졌어요."

주변에서 검정고시 탈락했다는 사람이 있다는 얘기를 들어 본 적이 없다 보니 태진은 어떤 반응을 보여야 할지 감조차 오지 않았다.

'진짜 그냥 똥멍충이구나. 하늘이 참 공평하구나… 그런데… 음…….'

약간 의아함이 들 때 예전에 이창일이 권단우를 데려왔던 게 떠올랐다.

"혹시 이창일 선생님도 이 얘기 알아요?"

"그럼요. 아마 그때부터 좀 많이 챙겨 주신 거 같아요."

"아."

"혼자 선택하지 말고 무조건 상의하라고 하셨거든요."

"그래요. 단우 씨는 절대 혼자 결정하지 말아요."

이창일이 왜 권단우를 데리고 다녔는지 조금은 이해가 되었다. 하지만 뭔가 어색함이 느껴졌다. 연기에 대해서만큼은 진심이 느껴졌는데 자신에 대해 얘기를 할 때는 마치 거짓말을 하는 것처럼 느껴졌다. 아니, 따라 할 수 있을 것 같은 느낌이 드는 걸 보면 연기를 하고 있는 것이었다. 그때, 수잔이 해맑게 웃고 있는 권단우의 얼굴을 보며 말했다.

"와, 진짜 잘생겼는데 엄청 허술하네."
"저도 알아요. 하하."
"알긴 아네요!"
"저 가게에서 일하는 친한 이모님이 저한테 어부보라고 그러거든요."
"어부보요? 그게 뭔데요."
"어디 내놓기 부끄러운 보석이라고. 하하. 할머니도 맨날 입 다물면 천사 같은 손주라고 그랬는데."
"제대로 보신 분이네! 그리고 입 열면 똥멍충이?"
"하하하, 네!"

태진은 말없이 환하게 웃고 있는 권단우를 물끄러미 쳐다보기만 했다. 하지만 수잔은 처음과 달리 많이 편해진 모습으로 권단우에게 주먹까지 내밀었다. 그때, 사무실에서 수잔을 찾는 전화가 왔고, 수잔은 권단우의 대답을 듣기 위해 입을 열었다.

"어쨌든 낙담금지에서 단우 씨 원한다고 했으니까 미팅 날짜 정해 봐요."
"좌절금지요?"
"아니! 낙담금지! 방금 낙담금지라고 했는데!"
"아! 그랬죠. 하하."
"거기선 최대한 빨리 만나고 싶어 하는데 어떻게 할래요?"

"저야 감사하죠!"

"그런데 개런티는 진짜 짤 거예요. 다들 돈 없는 사람들인 데다가 어디서 투자 받고 하는 게 아니라서 십시일반… 아, 각자 돈 모아서 하는 거거든요. 그래도 개런티는 준다고 했어요. 아마 많아야 일이백 정도 될걸요? 괜찮아요?"

"어휴! 시켜만 주셔도 감사하죠."

"이런 말 제일 싫어하는데… 연습하는 거라고 생각해요. 난 이제 일하러 가야 되거든요. 가면서 단우 씨한테 연락하라고 할게요. 괜찮죠?"

"네!"

수잔은 휴대폰을 내밀었고, 권단우는 휴대폰을 쳐다보더니 고개를 들어 수잔을 봤다.

"휴대폰 새로 사셨나 봐요!"

"아니! 번호 찍으라고요! 그래야 알려 주지."

"아, 그렇죠!"

"아… 우리 어부보……."

번호를 받은 수잔은 미소를 지은 채 태진을 보며 말했다.

"우리 어부보 좀 챙겨 주셔야겠어요."

"그러게요."

"참 매력 있어. 아무튼 제가 낙담금지에 연락할게요. 신경 써 줘서 고마워요."

"아니에요. 바쁘신데 올라가 보세요."

"이따가 다시 사무실로 갈게요!"

태진에게 인사를 한 수잔은 권단우에게까지 손을 흔들며 연습실을 나갔다. 태진은 수잔이 나가는 모습까지 확인한 뒤 숨을 크게 뱉었다. 그러고는 권단우를 향해 의자를 돌려 앉았다.

"음, 제가 어떻게 말해야 할지 모르겠는데."

"네?"

"내가 오해하는 걸 수도 있어요."

권단우는 다소 바보처럼 보일 정도로 전혀 모르겠다는 표정으로 태진을 봤고, 태진은 그런 단우를 보며 천천히 입을 열었다.

"그러지 않았으면 좋겠는데."

"네? 뭘요?"

"바보 연기요."

"……."

순간 권단우의 표정이 굳었다. 그것도 잠시 다시 바보 같은 웃음을 지으며 말했다.

"제가요? 하하, 기분 좋다. 저 똑똑해 보이나 봐요!"

"지금도 일부러 그러고 있잖아요."

"아닌데요? 제가 왜 일부러 그래요."

"그건 저도 모르죠. 그런데 일부러 그러고 있다는 건 알아요."

그러자 권단우는 더 이상 바보 같은 표정을 짓지 않았다. 그저 당황한 표정으로 태진을 쳐다보기만 했다.

"사실은 저도 처음엔 단우 씨가 좀 모자란 사람으로 생각했는데 얘기할 때 좀 이상해서요. 이상한 부분이 대부분 바보처럼 보이게 하려고 할 때 그랬어요. 왜 이상한가 생각해 보니까 알겠더라고요. 개과천선 같은 거 말할 때 호흡이 갑자기 묘하게 달라져요."

권단우는 큰 잘못이라도 들킨 사람처럼 눈동자가 심하게 흔들렸고, 태진은 그런 권단우에게서 눈을 떼지 않은 채 말을 이었다.

"뭐 때문에 그러는지 내가 알진 못해요. 그런데 일부러 그럴 필요가 있을까요? 제가 일을 시작한 지는 얼마 안 되는데, 그 짧은 기간에도 누굴 속이면 문제가 생겨요. 과거를 숨기고 배우가 되더라도 그 과거가 문제가 되는 경우도 있고요. 단우 씨는 그런 것 같진 않지만 언제든 문제가 생길 수 있어요. 요즘 인터넷만 봐도 누구누구의 실체 그런 일이 많잖아요. 그리고 배신감을 느끼고."

가만히 태진의 말을 듣고 있던 권단우는 입술을 깨물고 난 뒤 입을 열었다.

"죄송합니다……."

"저한테 죄송해할 건 없어요. 그냥 내가 보기에는 배우가 되고 싶어 하는 건 진심처럼 느껴졌는데 혹시나 문제가 생길까 봐 걱정돼서 말을 하는 거예요."

"네… 죄송합니다."

권단우가 사과를 함으로써 태진의 생각이 맞았다는 말이 되었다. 다만 그로 인해 분위기가 굉장히 어색해졌다. 그때, 권단우가 씁쓸한 미소를 짓더니 입을 열었다.

"정말 죄송해요. 후… 그런데 어떻게 아셨어요?"

"그냥 보였어요."

간단한 대답에 권단우는 조그만 실소를 뱉었다.

"속일 생각은 아니었어요… 아니, 속이려고 한 걸 수도 있겠네요. 버릇처럼 그렇게 하게 되거든요. 정말 죄송해요."

"왜 그러는 거예요? 그렇게 해서 단우 씨한테 이득이 될 게 있어요?"

"그게… 음, 이런 말 하면 재수 없게 생각하실 수 있는데. 흠, 제 얼굴만 보고 편견을 갖는 사람도 많고 말도 안 되는 추측을 하는 사람도 많아요."

채이주의 경우로 그런 사람이 많다는 걸 태진도 알고 있었기에 고개가 끄덕거려졌다.

"그런데 문제는 제 주변 사람들도 점차 그걸 믿어요. 잘해 주시던 이웃이나 친했던 친구가 그런 말을 믿고 의심의 눈초리를 보내요."

"그건 최근 얘기 아니에요?"

"아니요. 어렸을 때부터 그랬어요. 아까 학교 다닐 때 안경 쓰고 다녔다고 했잖아요. 사실은 안 쓰고 다녔어요. 그러다 보니 인기가 정말 많았어요."

다른 사람이 저런 말을 했다면 재수 없다는 생각이 들 텐데 권단우가 한 말이다 보니 외모로 설득이 되었다.

"그래서 중학생인데도 학교에서 항상 도는 소문이 권단우가 누구랑 잤대, 3학년 선배 임신시켰대. 이런 얘기를 계속 들었어요. 뽀뽀라고는 할머니하고밖에 안 해 봤는데. 그런데 어느 날 제가 친구가 좋아하던 애하고 잤다는 소문이 났어요. 그런데 절 잘 알고 있다고 생각했던 친구가 그걸 듣고 절 의심하는데, 뭐랄까… 좀 힘들더라고요."

"음……."

"그리고 그런 소문이 난 애들 부모님이 집에까지 찾아오고. 그럼 할머니, 할아버지하고 싸움이 일어나고. 할머니는 제 편을 들어 주시지만 그래도 걱정이 되는지 아빠처럼 되려고 그러는 거냐고 항상 그러셨어요."

태진이 생각하던 대로 아까 얘기를 했을 때 거짓을 섞은 모양이었다. 지금 권단우는 무거운 표정이지만, 아까보다는 훨씬 자연스러웠다. 그래서인지 태진은 어느 때보다 진지하게 단우의 말에 귀를 기울이고 있었다.

권단우는 그런 일을 많이 겪었는지 무덤덤하게 말을 이었다.

"그런 소문이 계속 쌓이고 쌓이고, 하지도 않은 일들이 한 것처럼 돌아오고. 어느새 주변에는 아무도 없고. 결국 제 선택으로 학교를 그만뒀어요. 더 이상 못 버티겠더라고요."

"그래서 검정고시 본 거예요?"

"바로는 아니고요. 2, 3년은 집에만 있었어요. 거의 밖을 안 나갔어요. 처음에는 밖에 나가고 싶은 생각도 들었는데 사람들 시선이 겁이 나서 못 나가겠더라고요. 그렇게 집에만 있다 보니 어느 순간 익숙해지는 거 있죠."

태진은 권단우를 물끄러미 보며 말했다.

"무슨 계기예요?"

"네?"

"다시 밖으로 나온 계기가 있을 거 아니에요?"

태진의 무표정 때문인지 권단우는 민망해하며 입을 열었다.

"아… 계기가 있었죠. 그런데 제가 생각하던 거하고 달라서 좀 당황스럽네요."

"뭐가요?"

"누구한테 이런 얘기를 한 건 처음인데… 언젠가 내가 바보 같은 행동을 일부러 하고 있다는 걸 알아차리는 사람이 있을 수 있다는 생각은 해 봤었거든요. 그때 어떤 얘기를 해야 하나 생각했었는데 팀장님은 반응이 좀 달라서요."

"그래요?"

"집에서 있었다고 그러면 위로나 응원을 해 줄지 알았는데 아니었네요. 제 얘기가 좀 너무 신파죠?"

권단우는 자신의 얘기를 한 걸 약간 후회하는 표정이었고, 태진은 그런 권단우를 보며 조그마한 한숨을 뱉었다.

"집에만 있으면 어떤 생각이 들고, 어떤 마음인지 다 알아서 그래요."

태진의 덤덤한 표정 때문인지 권단우는 순간 표정이 일그러졌다. 자신의 얘기를 아무것도 아닌 것처럼 말하는 것이 기분이 상한 듯했다. 그때, 태진이 입을 열었다.

"집에만 있다면 정말 많은 생각이 들죠. 처음에는 그냥 멍한 상태로 있는데 하루하루 똑같은 생활이 반복되고 있다는 걸 느끼게 된 순간부터 점점 나락으로 빠지게 되잖아요. 앞으로의 생활도 별반 다를 거 같지도 않다 보니까 이렇게 사느니 이대로 죽을까 생각도 들죠. 그러다가 옆에서 보살펴 주는 가족들 때문에 다시 살아 봐야지 다짐도 하고. 그런데 또 밖을 나가기도 겁나고. 사람들이 어떤 시선을 보낼지 아니까."

권단우는 눈이 휘둥그레진 것도 모자라 입을 쩍 벌리고 태진을 봤다. 마치 자신의 생활을 옆에서 지켜본 듯한 말이었다.

"그렇게 점점 나락으로 떨어져 내리게 되죠. 그리고 가족들이 다시 끄집어 올려놓고."

"맞아요……."

"사실 그때 생각하는 게 그렇게 즐겁진 않잖아요. 다시 그렇게 되진 않을까 아직도 걱정이 되니까요. 그런 생활을 또 하게 되면 이젠 버틸 수 없을 거란 걸 아니까."

"아……."

"그래서 그냥 계기를 물어본 거예요. 사람들의 시선을 무슨 계기로 이겨 냈는지 궁금해서요. 이겨 낸 건 아닌가? 내 생각이 틀렸다는 걸 알아차린 순간이라고 해야 되나. 지금은 그때 했던 생각이 틀렸다는 걸 알고 있을 거 아니에요. 그냥 스쳐 지나가는 사람들 시선은 말 그대로 스쳐 지나가는 거거든요. 그 사람들이 누군가한테 얘기는 할 수 있겠지만, 그냥 아무 의미 없이 스쳐 지나가는 말들이란 걸."

권단우는 진심으로 놀란 표정으로 입술까지 바르르 떨고 있었다. 태진은 그런 단우를 기다려 주었고, 단우는 한참이 지나서야 입을 열었다.

"신기하네요… 혹시 팀장님도……."
"경우는 다르지만 비슷하죠. 전 스스로 가둬 둔 게 아니라 갇히게 된 거거든요."
"네?"
"전 사고로 딱 10년 동안 하반신 마비였어요."

딱히 숨기고 있었던 건 아니었다. 하지만 먼저 말을 한 건 수잔에 이어 권단우가 두 번째였다. 처음 수잔에게 말했을 때는 별생각 없이 밝혔는데 사회생활을 하다 보니 사람들에게 말했을 때 어떤 시선을 보낼지 예상이 되었기에 먼저 말을 꺼낸 적이 없었다. 하지만 단우는 자신과 같은 경험이 있었기에 얘기를 해도 괜찮을 것 같은 생각이 들었다.

"아마 저하고 비슷했을 거 같아서요."
"아……."
"전 가족들이 계기가 되었거든요. 아마 단우 씨도 가족이 계기가 되지 않았을까 싶은데."

권단우는 잠시 놀란 표정을 짓더니 이내 엷은 미소를 지었다. 태진의 말에서 동질감을 느꼈는지 반가워하는 기색도 보였다.

"맞아요. 저도 할아버지가 계기가 되었어요. 제가 16살 되던 때 갑자기 할아버지가 아프셨거든요. 위암에 걸리셨어요."

"아……."

"그것도 나중에 안 거지만. 계속 살이 빠지시더니 갑자기 쓰러지셨거든요."

태진은 살짝 당황했다. 가족이 계기가 된 것은 맞지만 자신과는 다른 식이었다.

"그때 마침 할머니가 시장에 가셨을 때였어요. 그래서 집에 저하고 할아버지뿐이었어요. 방에 있는데 갑자기 큰 소리가 들리더라고요. 다른 때였으면 그냥 있었을 텐데. 직감이란 게 있었나 봐요. 불안하더라고요. 그래서 나가 봤는데 할아버지가 쓰러져 계셨어요. 그때는 뭐 다른 생각이 안 들었어요. 그래서 바로 119에 전화하고 할아버지하고 같이 앰뷸런스 타고 갔죠. 멀리 간 건 그때가 처음이었어요. 다행히 할아버지는 깨어나셨는데 위암이라고 하더라고요. 그것도 4기라고 해서 너무 늦게 알았어요. 나 때문에 할아버지가 아프다는 생각밖에 안 들었어요. 그래서 그때부터 계속 할머니하고 번갈아 가면서 간병했죠."

권단우는 씁쓸한 표정으로 입맛을 다시며 말을 이었다.

"결국에는 돌아가셨어요. 그런데 마지막에 할아버지가 그러셨거든요. 다행이라고, 고맙다고……."

권단우는 그때의 기억에 감정이 북받치는지 잠시 말을 멈추고 심호흡을 했다.

"갈 때라도 마음 편하게 갈 수 있어서 다행이라고… 이렇게라도 밖에 나와 줘서 고맙다고 그러셨어요."

태진은 예상하지 못한 슬픈 계기에 어떤 말을 해야 할지 몰라 입을 다물고 있었다. 그러다 보니 권단우의 말을 끝으로 침묵이 흐르는 중이었다. 그러던 중 태진은 팔을 쭉 뻗어 권단우의 팔을 두드렸고, 권단우는 자신의 팔을 두드리는 태진의 손을 가만히 쳐다봤다. 그러고는 미소와 함께 다시 말을 이었다.

"괜찮아요. 할아버지가 선물을 주고 가셨다고 생각하거든요. 할머니도 그렇게 생각하라고 하셨고요."
"다행이네요. 그럼 그때부터 밖에 나온 거예요?"
"네, 그렇죠. 병원이 아닌 곳에 가는 건 겁이 났는데 그래도 할아버지 생각이 나서 집에 있는 게 더 힘들더라고요. 그래서 처음으로 알바를 구했죠. 그땐 나이가 어려서 할 수 있는 게 별로 없더라고요. 그래도 알아보다가 겨우 고깃집 알바를 구했어요."

태진은 권단우가 어떤 용기를 냈을지 느껴졌다. 어떻게 보면 자신보다 더 힘든 상황일 수도 있었다. 자신은 동생 태민이 다 알아봐 주고 선택만 하면 됐는데, 권단우는 자기가 다 알아서 해야 했다. 그러다 보니 권단우가 대견하게 느껴졌다.

"그런데 전하고 다를 게 없더라고요. 처음에는 진짜 손님이 엄청 늘었어요. 그것도 젊은 손님들. 누나들이 핸드폰 번호도 주고 가고 사장님은 손님이 늘어나니까 좋아하고 그랬어요. 그런데 시간이 지나니까 또 똑같더라고요. 같이 일하는 알바생 형들하고 누나들 사이에서 이상한 소문이 나고 따돌리더라고요. 그런데 또 신기한 건 따로 연락을 해서 위로해 주고 잘해 줘요. 우습죠? 아무튼 그때도 엄청 힘들었는데 버텼어요. 그렇게 2년을 같은 가게에서 일했어요."

덤덤하게 외로웠던 과거를 얘기하던 권단우는 갑자기 피식 웃더니 말을 이었다.

"계속 고깃집에서 일만 하다 보니까 할머니는 그게 또 보기 그러셨나 봐요. 그래서 검정고시를 보든 학교를 다시 가든 그러라고 하시더라고요. 학교는 다시 갈 자신이 없어서 일하면서 중학교 검시를 준비했죠. 그렇게 시험 날이 됐는데 안 갔어요. 아니, 못 갔어요."

"어? 왜요?"

"그때 할머니가 아프셨거든요. 할아버지 그렇게 보내고 나니까 겁이 나서 어디 갈 수 없더라고요. 다행히 감기셨는데 그때는 갈 수가 없었어요."

"아."

"그렇게 지내다가 가게 사장님이 갑자기 시험 붙었냐고 그러더라고요. 설명하기도 그래서 그냥 떨어졌다고 그랬는데 그때부터 좀 사람들이 절 대하는 게 달라졌어요. 중학교 검정고시도 떨어지는 멍청이라고 생각했나 봐요. 자기들보다 부족해 보여서 그런지 그때부터 잘해 주더라고요. 후후… 그래서 그때 느꼈죠. 자기보다 잘난 사람보다는 못난 사람을 좋아한다는 걸."

권단우가 한 선택이 옳은지 아닌지 판단이 서질 않았다. 살아보려고 발버둥 치는 중에 찾은 방법이었기에 그것에 대한 옳고 그름을 따질 수가 없었다.

"그때부터 그래서 일부러 안경도 쓰고 단어도 틀리게 말하고 그랬어요. 그런 게 쌓일수록 사람들하고 점점 가까워지더라고요."
"그래서 눈도 안 나쁜데 그런 돋보기 같은 안경 쓴 거예요?"
"네, 그렇죠. 뭐… 처음에는 멀미도 나고 그랬는데 지금은 괜찮아요."

권단우는 자신의 얘기를 해서인지 아까보다 편해진 표정인 반면 태진은 그런 얘기를 들을수록 마음이 무거워졌다. 그러던 중 저렇게까지 자신을 숨기는 사람이 왜 사람들 앞에 서는 배우가 되겠다는지 의아해졌다.

"그런데 왜 배우가 되려고 그래요?"
"아! 배우요."

권단우는 약간 민망한지 코를 훔치는 모습을 하며 태진을 쳐다봤다.

"잠깐만이라도 가면을 벗어 버리고 싶어서요."

"네?"

"언제가 될지 모르지만 배우를 하다 보면 똑똑한 역할도 할 테고 평범한 역할도 하게 될 거잖아요. 그때만큼이라도 사람들한테 제 원래 모습을 보여 주고 싶어요. 원래 모습을 많은 사람들한테 보여 주는 직업이 배우밖에 없더라고요."

깊은 한숨이 나왔다. 자신과 비슷한 상황을 겪어서인지 마음이 쏠리고 있었다. 남들은 배우를 하면서 자신에게는 없던 모습을 찾기도 하는데 권단우는 자신의 원래 모습을 보여 주고 싶어 배우가 되려 하고 있었다.

'아! 그래서 그랬던 건가.'

머릿속에 권단우가 했던 연기가 떠올랐다. 너무나 자연스러워 보였던 그런 연기들. 따라 할 마음이 들지 않았던 그런 연기들이 다 원래의 모습이라서 그러지 않았나 하는 생각이 들었다. 지금은 배우로서의 연기를 한다기보다 그동안 숨겨 둔 자신의 모습을 보여 주려는 마음이 더 앞선 것처럼 보였다. 그러다 보니 태진은 권단우가 자신의 모습을 투영한 연기가 아닌 배우로서의 연기가 궁금해졌다. 하지만 그 전에 확인할 것이 있었다.

"그런데 왜 라액에서는 그런 모습을 안 보여 줬어요?"

"아! 그거요. 전 나름대로 보여 줬는데 그런 모습은 전부 다 안 나왔더라고요. 말하는 모습은 하나도 안 나오고 최대한 멋있게만 나오게 하셨더라고요. 그리고 웬만하면 말하지 말라고……."

ETV에서는 권단우를 동경의 대상으로 만들 생각이었던 모양이었다. 태진은 이해한다며 고개를 끄덕거렸다. 그래도 이제는 권단우의 진짜 연기를 보고 싶었다. 하지만 하란 대로 진짜 연기가 나올까 걱정도 되었다. 그러던 중 태진의 눈에 구석에 놓여 있는 소품이 보였다. 바로 참가자들이 연습할 때 사용하던 오페라의 유령 중 유령의 가면이었다. 전에 태진도 가면을 썼을 때 표정에 신경 쓰지 않고 마음껏 연기를 했었다. 아마 권단우도 비슷하지 않을까 하는 생각에 자리에서 일어나 구석에 있는 가면을 가져왔다. 그러고는 권단우에게 천천히 건넸다.

"이거 써 볼래요?"

*   *   *

권단우의 연기를 지켜보는 태진의 입에서 한숨이 나왔다. 연기를 잘한다 못한다 평가 자체를 할 수가 없었다. 그저 평소 자신의 모습을 보여 주려고만 하고 있었다. 연기를 하면 그 사람이 되어야 하는데 가면을 썼음에도 불구하고 그 사람을 자기처럼 바꿔서 연기를 해 버렸다. 그래서 엄청 자연스러운 느낌이긴 했는데 강렬함이 없어서인지 도무지 연기처럼 보이지 않았다.

"그만요."
"이상했나요?"
"그런 건 아닌데요. 음, 그런데 이창일 선생님은 단우 씨 연기보고 뭐라고 하셨어요?"
"어, 선생님은 사진으로 보이는 잔잔한 바다 같다고 하셨어요. 좋게 말씀하셨는데 너무 정적이라는 뜻인거 같아요."

태진은 고개를 끄덕거렸다. 권단우 자신도 알고 있었다. 하지만 자신의 본모습을 보여 주고 싶은 마음이 커서인지 좀처럼 그틀을 벗어나지 못하고 있었다. 일단 권단우가 가지고 있는 틀을 깨는 게, 바다에 파도가 치게 만드는 게 우선인 듯했다. 태진은 권단우가 해 보지 않았을 만한 것을 생각했다.

'아! 그게 좋겠네.'

생각대로라면 무조건 경험이 없을 것이었다. 그리고 있어서도 안 됐다.

"살인마 연기 한번 해 볼래요?"
"살인마요?"

대본이 없었지만 태진에게는 큰 문제가 아니었다. 머릿속에 수많은 영화와 드라마가 있었다. 다만 지금 태진이 따라 할 수 있는 것들은 강렬함이 없을 것 같았다. 보여 주려면 제대로 된 걸 보여 주고 싶다는 생각이 들었다.

"혹시 차가운 밤이라고 알아요? 독립영화인데 칸에서 독립영화 부분에서 상 받은 영화예요."

"누가 나오는데요?"

"한정수 배우님이요. 상 받고 이슈 돼서 예능에 몇 번 나온 적 있어요."

"아… 전 안 본 거 같아요."

가만히 생각하고 있던 태진은 벌떡 자리에서 일어났다.

"잠시만요. 한 5분만 기다려 주세요."

태진은 급하게 연습실을 나가 버렸고, 혼자 남은 권단우는 태진이 말한 '차가운 밤'을 검색했다. 짧은 영상들이 상당히 많았고, 그중 하나를 클릭했다. 시작은 헬스장 같은 운동하는 곳에서 하는 듯했다. 그러다 갑자기 정전이 되었고, 안에 있던 사람들이 소란스러워하는 장면이 나왔다. 그리고 문이 천천히 열리며 한 사람이 등장했다.

"이분이 한정수 배우님인가 보네. 눈빛이 어우⋯⋯."

어두운 체육관 전체를 비추고 있던 화면이 점점 클로즈업되며 한정수를 비췄고, 그의 눈이 화면 전체에 담겼다. 그 상태에서 한정수의 눈동자가 천천히 움직였고, 어느 한 곳에서 멈추었다. 그리고 화면이 점점 내려가더니 이제는 한정수의 발만 비추었다. 왜인지 흙먼지가 잔뜩 묻은 맨발이었고, 그 맨발이 천천히 걸음을 옮겼다. 그에 맞춰 화면도 같이 흔들렸다.

한정수가 움직일 때마다 이상한 소리가 들려왔고, 그 소리가 점점 크게 들림과 동시에 걸음과 카메라 흔들림이 점점 빨라졌다. 휴대폰을 보는 권단우는 그 공간에 있기라도 한 듯 숨을 멈추고 있었다. 그리고 그때, 갑자기 연습실 문이 열리더니 갑자기 불이 꺼졌다.

"어!"

그리고 다시 연습실 문이 닫혀 버렸다.

"저기, 여기 사람 있⋯⋯."

말을 하기도 전에 문이 천천히 열리기 시작했다. 방금 봤던 차가운 밤에서 나왔던 장면처럼. 때문에 차가운 밤을 보며 긴장한 것이 계속 유지가 되었다. 마치 영화 속에 들어와 있는 느낌이었다. 권단우는 침을 삼키며 휴대폰으로 문 쪽을 비추었다. 잘 보이지 않아 플래시를 켜려고 할 때, 문틈으로 얼굴이 천천히 나왔다.

"어엇!"

어두운 탓에 제대로 보이진 않지만, 무언가를 얼굴에 쓰고 있는 모습에 너무 놀라 소리까지 내며 놀랐다. 그런데 자세히 보니 아까 봤던 하얀색 가면처럼 보였다.

"저… 한 팀장님이세요?"

아무런 대답도 들리지 않았다. 분명히 태진 같은데 느낌이 이상했다. 권단우는 확인을 하기 위해 상대를 가만히 쳐다봤다. 그때, 태진의 눈동자가 움직였다. 어두운 데다가 멀리 있는데도 이상하게 눈동자가 움직이는 것이 보였다. 권단우가 숨 쉬는 것도 잊은 채 태진의 행동을 살펴볼 때, 움직이던 태진의 눈동자와 눈이 마주쳤다. 그러자 태진이 천천히 안으로 들어왔고, 손에는 검은색 무언가가 들려 있었다. 태진이 천천히 걸음을 옮길 때마다 바스락거리는 소리가 들렸고, 권단우는 자신도 모르게 방어를 하기 위해 손을 들어 올리고 있었다. 그때, 태진이 갑자기 달려오기 시작했다.

"아! 왜 그러세요! 팀장님! 저 단우예요!"

권단우의 얼굴 근처에서 바스락거리는 소리가 들림과 동시에 태진의 목소리가 들려왔다.

"이렇게 한번 해 볼래요?"

권단우는 긴장감이 풀림과 동시에 숨을 몰아쉬었다.

"허억. 어, 뭐… 뭐예요?"
"잠시만요."

태진은 다시 연습실 문 쪽으로 가더니 불을 켰고, 밖에 벗어
둔 신발까지 신고 들어왔다.

"지금 이 장면이 차가운 밤에 나오는 장면이거든요."
"네… 지금 보고 있었는데……."

태진은 순간 몸을 떨었다. 지금 보여 주려고 한 장면이 있을 거
란 생각을 못 했다. 태진은 쓰고 있는 가면을 쓰다듬고는 어색하
게 입을 열었다.

"그랬어요? 잘됐네."
"한 팀장님 맞으시죠?"
"네, 맞아요. 음… 한번 해 볼래요?"

권단우는 경계하는 모습으로 손가락으로 자신의 얼굴을 가리

컸고, 태진은 그제야 얼굴에 쓰고 있던 가면을 벗어 버렸다. 그러자 권단우가 고개를 끄덕임과 동시에 의아한 표정으로 변했다.

"팀장님 얼굴이……."
"아, 괜찮아요."
"술 드신 것처럼 얼굴이 빨개요."

태진은 급하게 얼굴을 쓰다듬고는 입을 열었다.

"아니에요. 더워서 그래요."
"아."
"한번 해 볼래요? 지금 내가 한 거 그대로요."

권단우는 의미 없이 고개를 끄덕거리며 방금 봤던 태진의 연기를 떠올렸다. 그러고는 갑자기 눈을 껌뻑거리며 태진을 쳐다봤다.

"제가 이걸 할 수 있을까요?"

할 수 있고 없고는 지금 중요하지 않았다. 제대로 할 수 있으면 좋겠지만 못한다 하더라도 상관없었다. 지금은 그저 권단우가 캐릭터에 자신을 담는 연기가 아닌 캐릭터 자체만을 연기하는 것을 보고 싶었다. 그때, 권단우가 뭔가를 생각하는 듯 보였고, 태진은 그 시간을 주지 않기 위해 서둘러 입을 열었다.

"생각하지 말고 본 그대로 해 보세요."

"네? 아, 네."

혹시라도 또 자신이 생각한 설정을 덧붙일까 봐 태진은 서둘러 말했고, 권단우는 자신 없는 표정으로 자리에서 일어났다. 그러고는 이것저것 주섬주섬 챙기더니 태진이 보여 준 대로 연습실 밖으로 나갔다.

'바로 하면 되는데. 뭘 하는 거지?'

밖으로 나간 권단우가 좀처럼 들어오질 않았다. 아무런 설정 없이 들어왔으면 하는 바람이었다. 그때, 연습실 문이 열리더니 권단우가 고개를 내밀었다. 그러고는 태진이 한 그대로 불을 꺼 버렸다. 열려 있는 작은 틈 사이로 비치는 복도 불빛이 권단우의 그림자를 만들었다. 불빛을 등지고 서 있어서인지 얼굴이 잘 보이진 않았지만, 분위기는 꽤 어둡게 느껴졌다. 그때, 권단우가 맨발로 발을 내디뎠고, 그와 동시에 주머니에서 무언가를 꺼내기 시작했다. 잘 꺼내지지 않는지 계속 무언가를 꺼내려는 시늉을 하며 걸음을 옮겼다.

그러던 권단우의 걸음이 빨라졌다. 태진은 그런 권단우를 뚫어져라 쳐다봤다. 약간 어색하긴 하지만 따라 할 수 있을 거란 생각이 드는 걸 보면 분명히 연기를 하고 있었다. 다만 왜 주머니에서 손을 빼지 않는 건지 이해가 되지 않았다. 지금도 계속해서 뭔가를 꺼내려 했고, 마음대로 되지 않는지 조급해 보이는 느낌까지 들었다. 그때, 권단우가 주머니에서 꺼내려던 것을 꺼냈고, 그와 동시에 표정이 싹 바뀌었다.

꺼낸 걸 보니 아까 태진이 들고 왔던 검은 비닐봉지였다. 방금 전까지만 하더라도 초조한 느낌이었던 반면에 지금은 이제 뒤가 없는 사람처럼 보였다. 정확히는 그렇게 보이려고 연기를 하는 중이었다. 윗니로 아랫입술을 세게 깨문 채로 봉지를 벌린 채 태진에게 뛰어왔다. 그리고 태진의 머리 위에서 봉지를 멈추고는 숨을 몰아쉬었다.

"휴… 다시 할까요?"

태진은 권단우를 가만히 쳐다봤다. 그리고는 손가락으로 권단우의 입술을 가리켰다.

"지금 피 나는 거 같아요."

권단우는 그제야 손등으로 입술을 훑었다. 그리고는 손등에 묻은 피를 확인하고는 멋쩍게 웃었다.

"너무 세게 깨물었나 봐요."

입술을 만지는 권단우의 모습에 태진은 가볍게 웃고는 연기를 보며 궁금했던 것을 묻기 시작했다.

"비닐봉지는 왜 주머니에서 꺼낸 거예요?"

"아! 이거요. 영상에서 체육관 들어오면 카메라가 발만 비추잖아요. 그래서 뭔지 몰랐는데 팀장님이 비닐봉지 들고 오셔서 그런 거 같았어요. 그래서 밖에서 다시 확인했는데 맞더라고요."

"맞아요. 그대로 따라 한 거라서."

"네! 근데 영상에서는 소리가 더 거슬리는 느낌이었어요. 그래서 다시 보니 팀장님이 그냥 들고 왔을 때보다 확실히 요란했던 거 같았어요. 그래서 왜 그런가 생각했더니 잘 보니까 처음엔 한정수 배우님 손에 아무것도 없더라고요. 그럼 주머니에서 꺼냈을 거 같았고요. 잘 안 꺼내져서 계속 엄청 바스락거리는 소리가 들린 거고. 그리고 이게 한 겹이 아니라서 잘 안 꺼내졌을 거예요. 봉지 하나로 하면 금방 찢어지니까 아마 여러 겹이지 않았을까요? 그래서 잘 안 꺼내졌던 게 아닐까 하는 생각이 들더라고요."

태진은 순간 멍했다. 봉지가 없어서 한 장도 겨우 구해 왔다. 하지만 실제로 영상에서는 여러 겹의 봉지로 얼굴을 덮어 살인을 했다. 권단우가 말하는 걸 봐서는 아마도 영상에 그 장면까지 나오진 않았는데 자신이 추측을 한 모양이었다. 그것도 정확하게.

게다가 단우가 말했던 대로 영상에서는 한정수의 발만 나오고 있었기에 어떤 행동을 하는지를 관객의 상상에 맡겼다. 태진은 그저 보이는 것에만 신경을 썼는데 권단우는 보이지 않는 부분까지 신경을 썼다. 권단우의 해석이 틀릴 수도 있었지만, 태진이 들기에는 설득력이 있었다.

"입술을 깨문 건요? 영상에서는 그런 거 없었는데."

"그건 반드시 죽이겠다는 의지를 제 나름대로……."

"처음에 초조해하던 것도 연기 맞죠?"

"네? 아… 그런 연기 한 것도 맞긴 맞아요. 불빛을 등지고 있어서 안 보일 줄 알았는데."

"보였어요. 그런데 왜 초조해했던 거죠? 죽일까 말까 고민했던 건 아니죠?"

"그건 아니죠! 그럴 거면 처음부터 신발을 벗고 오진 않았을 거잖아요. 무조건 죽일 생각인데 비닐봉지가 안 꺼내지니까 실패할 수 있다는 생각에 초조해하는 거였어요. 조금 이상했죠……?"

"또 다른 이유도 있어요?"

"아니에요."

지금 말하고 있는 부분의 연기는 부족했지만, 분석은 정말 훌륭했다. 아마 '차가운 밤'에서 발이 아니라 그 위를 보여 줬다면 권단우가 말한 대로 연기를 하고 있었을 것 같다는 생각이 들었다.

'통찰력이 엄청 좋네…….'

캐릭터 분석력이 뛰어난 건 알고 있었는데 전체를 보는 눈까지 뛰어날 줄은 몰랐다. 게다가 캐릭터를 자신화시키지 않은 연기도 그렇게 못 봐 줄 정도는 아니었다. 좋은 연기 지도자만 만난다면 확실히 포텐이 있는 배우가 될 것 같았다.

'음......'

그래서인지 4팀장 스미스의 부탁이 머릿속에 떠올랐다. 다만 문제는 권단우가 중견배우도 아니었고, 무엇보다 사람들에게 연기로 인정을 받은 게 아니었기에 추천을 할 수 없다는 점이었다. 설령 이번에 하게 되는 연극에서 훌륭한 연기를 보여 준다고 하더라도 연극 자체가 규모가 작은 극이었기에 이슈가 되기는 힘들 듯 보였다. 그때, 연습실 문이 열리면서 반가운 얼굴이 들어왔다.

제3장

—

사고

　문을 열고 들어온 사람은 다름 아닌 필이었다. 태진은 반가움과 동시에 다른 사람들이 권단우가 이곳에 있는 것을 이상하게 볼 수 있을 거란 생각에 서둘러 필의 뒤를 쳐다봤고, 아무도 없음을 확인한 후에야 반갑게 인사를 건넸다.

"촬영 벌써 끝났어요?"
"아직이요."
"그런데 왜 벌써 오셨어요? 뭐 놓고 가셨어요?"

　필은 심드렁한 표정으로 태진을 손가락으로 가리켰다.

"태진이 없으니까! 듣기로는 무슨 문제 있다던데 해결했어요?"

"아."

문제를 만든 당사자와 함께 있음에도 그에 대해선 까맣게 잊고
있었다. 그리고 이젠 어차피 권단우가 어떤 말을 하더라도 문제
가 생길 것 같았기에 기사를 통해 해결할 생각이었다. 그때, 문득
스쳐 지나가는 생각에 권단우를 쳐다봤다.

'설마······.'

아무래도 자신의 생각이 맞는 듯했다. 하지만 지금 필이 있었
기에 그 이야기는 잠시 뒤로 미뤄 두기로 했다. 그때, 필이 권단우
를 알아봤는지 반가워하는 미소를 보였다.

"오, 여기서 이렇게 보네요."

알아듣지 못하는 권단우의 모습에 태진이 설명해 주었다.

"기억하시나 봐요. MfB 연기 지도해 주시는 로젠 필 씨 아시죠?"
"아! 네! 알죠. 안녕하세요. 그런데 절 기억하시는 거예요? 만난
적도 없었는데······."

태진에게 말을 전해 들은 필이 어디서 배웠는지 손으로 얼굴을
훑으며 말했다.

"잘생겼으니까."

외국인이나 한국인이나 보는 눈은 같은 모양이었다. 단우와 악
수를 한 필은 다시 태진을 보며 말했다.

"그런데 이분은 왜 여기에? MfB로 오는 건가?"
"아! 아니에요."
"그럼 뭐 하고 있었던 거예요?"

안 그래도 필에게 물어보고 싶었던 참이었기에 태진은 권단우
에 대해서 얘기했다. 자신이 본 대로 권단우에 대해 말을 하자 필
이 관심을 보이기 시작했다.

"실례가 아니라면 잠깐 볼까요?"

태진은 서둘러 단우를 보며 말했다.

"잠깐 연기 봐 주신다는데 괜찮아요?"
"그럼요. 저한테는 기회인데요."

기회라는 것을 바로 알아차리는 것만 봐도 참 똑똑한 사람이
었다. 그렇게 단우의 연기가 시작되었고 필은 여러 연기를 펼치
는 단우를 가만히 쳐다봤다.

태진이 자신이 봤던 연기를 단우에게 그대로 주문하는 동안 필은 아무런 말도 없었다. 그러던 필이 단우의 연기가 끝나자 깊은 한숨을 뱉었다.

"흐음."

태진은 필의 표정을 유심히 들여다봤다. 권단우에게서 눈을 떼지 않은 채 실망한 듯한 표정이 드러나 있었다. 태진이 보기에는 저렇게 노골적인 표정을 지을 만큼의 연기는 아니었는데 지도자인 필이 보기엔 아닌 모양이었다. 그러던 필이 먼저 입을 열었다.

"연기 경험은 얼마 없는 거 같고."
"라이브 액팅이 처음이었을 거예요."
"그런 거 같아 보이네요. 그래도 영 이상하네."

태진은 단우에게 통역해 주지 않은 채 질문을 했다.

"그렇게 이상해요?"
"어? 태진은 안 이상해요?"
"전 잘한다는 건 아니지만 무난하다고 생각했는데요."

그러자 필이 코웃음을 뱉으며 말했다.

"연기는 무난한데 저 설정 말하는 거예요."

"아! 설정이요. 너무 디테일하죠?"

"디테일? 그 정도가 아닌데요. 근데 경험도 없는 사람이 할 연기는 아닌데. 혹시 뭐 사기라도 당한 경험이 있나?"

"사기요?"

필은 단우를 한 번 쳐다보더니 말을 이었다.

"하나하나 다 자기가 보여 주려고 하는 거 보면 저건 디테일이 아니라 사람을 아예 못 믿는 거예요. 보통 작품 하나라도 해 봤으면 저런 설정은 스태프들이 다 커버해 줄 건데. 저 정도면 아예 자기가 OST도 부르면서 연기할 거 같은데요?"

"아."

"그때 뮤직비디오만 봐도 꽤 괜찮았는데. 보통 결과물을 한 번이라도 보면 저런 성향은 사라지는데. 이상하네. 혼자 다 하려고 하고. 연기라도 좀 괜찮으면 그나마 괜찮을 텐데 저런 모습 때문에 연기가 더 볼품없어 보이네요."

"한 번에 복합된 감정연기를 잘 못하는 거 같아요."

"그건 연습하면 되는 거고. 내가 보기에는 사람을 못 믿는 거처럼 보이는데."

단우의 성장 환경을 들은 태진은 필의 말이 맞을 수도 있다는 생각이 들었다. 믿었던 친구에게마저 의심을 받고 그로 인해 멀어지게 된다면 사람을 잘 믿지 못할 수도 있었다. 게다가 지금은 혼자이다 보니 혼자 다 해야 된다는 강박관념이 있을 수도 있었다.

그와 동시에 태진은 연기만 보고 그런 걸 알아보는 필이 신기했다. 필이라면 해결 방법도 알진 않을까 하는 생각이 들었다.

"어떻게 하면 바뀔까요?"

"저런 건 쉽게 안 고쳐지죠. 아마 강제로 바꾸게 하려면 연기가 무너질 게 뻔해요."

"음."

"그래도 고칠 수는 있죠. 고친다는 거보단 변화라고 하는 게 맞을 거 같네요."

"어떻게요?"

"그나마 쉬운 방법은 자기하고 생각이 일치하는 스태프들을 만나는 거죠. 그런 촬영 팀이나 편집 팀을 만나서 자기가 그런 설정을 하지 않아도 화면에 다 담아 줄 수 있다는 걸 느끼게 하는 게 가장 쉽죠."

필은 조금 전 단우가 보여 준 연기를 따라 하며 입을 열었다.

"방금 전에 약속에 늦어서 초조한 얼굴로 급하게 움직이는 연기 있잖아요."

"네."

"그런 것도 당사자가 계속 시간을 확인하는 건 좀 아니에요. 그 시간을 확인하는 동작 하나로 급박해 보여야 하는 흐름도 끊길 수 있어요. 차라리 기다리고 있는 상대방이 시간을 확인하거나 당사자가 뛰어다닐 때 시계를 통해 시간을 보여 줄 수도 있는 거거든요. 그렇게 함으로써 연기에 좀 더 집중을 하게 되는 거고요."

"아! 그렇네요."

"그런데 저 사람은 그걸 혼자 하려고 해요. 그런데 그런 스태프들을 만나는 게 쉬운 건 아니니까. 특히나 저 사람 같은 신인은. 뭔 의견을 내놔도 아마 무시당하기 일쑤겠죠? 무시 안 당하려면 경험이나 인지도가 있어야 될 텐데 저런 식이면 인지도를 쌓기도 전에 그만둘 확률이 높아 보이네요."

"악순환이 되는군요… 그럼 다른 방법은요?"

필은 고개까지 절레절레 저으며 입을 열었다.

"실제로 믿음이 가는 사람이 주변에 생기는 거죠. 현실에서의 직접적인 변화가 가장 좋은 결과를 만들어 내겠죠. 가족이라든가, 친구라든가. 이게 쉬워 보이는데 사실 가장 어려운 법이죠. 살면서 마음에 맞는 사람을 만나는 게 얼마나 어려운데. 물론 남이 보여 주는 걸 따라 할 순 있겠지만 속으로는 불안해하겠죠."

순간 아까 차가운 밤을 연기할 때 초조해하던 이유가 또 있어 보였던 것이 떠올랐다. 필의 말을 듣고 나니 아마 이렇게만 연기해도 되는 걸까 하며 스스로를 의심해서 초조해하는 모습을 보인 듯했다.

'어렵다.'

태진은 한숨을 삼키며 단우를 봤다. 태진에게는 가족이 있었지만, 권단우에게는 아무도 없었다. 그러다 보니 신뢰가 가는 사람을 만나는 게 쉽진 않을 것 같았다. 차라리 잘 맞는 스태프를 찾는 게 더 빠를 거 같다는 생각이 들 정도로 어느 것 하나 쉬워 보이는 게 없었다.

필이 해결책을 내줄 거라 생각했는데 오히려 더 머리만 복잡하게 만들었다. 다르지만 비슷한 성장 환경을 겪었기에 기회를 주고 싶었지만, 아무래도 스미스에게 추천을 하기엔 적당하지 않아 보였다. 그때, 필이 웃으며 입을 열었다.

"그럼 난 이만."

"저 보러 오신 거 아니셨어요?"

"부사장하고 약속이 있어서 왔는데 항상 여기로 오니까 나도 모르게 여기로 와 버렸네요. 하하."

"아, 저 때문에 늦으신 거 아니에요?"

"아니에요. 참, 그리고 이따가 촬영장 오지 마요."

"네? 촬영장이요?"

태진은 곽이정이 필에게까지 무슨 말을 한 건가 싶어 귀를 기울였다. 그때, 필이 웃으며 말을 이었다.

"아까 나 출발할 때 한두 시간 있으면 오늘 촬영 끝이라고 했거든요. 이제 끝날 시간 됐겠네."

"아!"

별다른 이유가 아님에 긴장하던 태진은 자신도 모르게 피식 웃어 버렸다. 인사를 끝으로 필은 연습실을 나갔고, 또다시 연습실에는 태진과 단우만 남게 되었다. 이제 더 이상 볼 것도 없고 해 줄 것도 없다 보니 갑자기 어색한 상황이 되어 버렸다. 그때, 마침 아까 스쳐 지나갔던 생각이 떠올랐다. 태진은 자신의 생각이 맞는 것 같다는 생각에 조심스럽게 입을 열었다.

"그리고 그 댓글 있잖아요."
"네."
"제대로 수정해 주세요. 그래 줄 수 있죠?"
"아… 네, 죄송합니다."

권단우가 계속 멍청하다고 믿었다면 태진도 그냥 넘어갔을 텐데 그게 아닌 걸 알고 나니 댓글도 일부러 저런 식으로 남긴 게 아닐까 싶었다. 아니나 다를까 권단우가 다시 사과를 하며 말을 이었다.

"정말 죄송합니다. 좀 초조해서 그랬어요. 기회가 없을 거 같아서… 그리고 사람들한테 잊히지 않으려고 일부러 팀장님하고 엮이게 썼어요. 죄송합니다……"

계산적으로 행동한 게 거슬리긴 했지만, 그리 큰 문제라고 생각하지는 않았기에 이해한다는 듯 고개를 끄덕였다.

"그런데 왜 나한테만 남겼어요?"

"그 영상에서 다 한 팀장님 얘기만 해서요……."

"그럼 다른 분 얘기만 했으면 그분 얘기 했겠네요?"

"……."

권단우는 침묵하고 있었지만, 충분히 대답이 되었다. 저런 단우의 모습을 보자 기분이 나쁘다는 감정보다 피곤할 것 같다는 생각이 먼저 들었다. 평소에도 바보 같은 모습을 유지하면서 인간관계를 맺고 또 행동 하나하나마다 신경 쓰면서 계산적으로 살려면 머리가 깨질 것 같았다. 그때, 권단우가 걱정이 된다는 표정으로 말했다.

"지금은 숨기는 거 하나도 없어요."

"네? 아, 그래요."

"가족사도 정말이고요… 아무튼 폐를 끼쳐 드려서 죄송합니다."

불우한 가정사가 단우를 저렇게 만든 듯싶었다.

"그래요. 사과 그만해도 돼요. 그 연극 준비나 잘하시고요."

"네… 기회 주신 만큼 열심히 하겠습니다."

"제가 기회 준 건 아니에요. 그냥 추천한 건데요. 아무튼 잘하셨으면 좋겠네요. 그럼 이만 일어날까요? 아, 제가 데려다 드릴게요."

"괜찮아요. 혼자 갈 수 있어요."

"아니에요. 데려다 드릴게요."

더 이상 단우와 있을 필요가 없었기에 자리에서 일어났다.

＊　　　＊　　　＊

차를 운전하던 태진은 단우를 봤다. 건장한 남성 두 명이 앞좌석에 타고 있어서인지 오늘따라 차가 좁게 느껴졌다.

"차가 좀 작아서 불편하죠?"
"아니에요. 태워 주시는 것만 해도 감사한데요. 전 면허도 없어요."
"그런데 거리가 꽤 먼데 제가 가는 게 나았겠어요. 대화동에서 회사까지 오는 데 오래 걸렸죠?"
"좌석 버스 타고 오면 금방 와요. 괜찮아요."

자신의 모든 것을 얘기해서인지 단우의 표정에서 거짓이 느껴지지 않았다. 태진은 그런 단우를 보며 미소를 짓고 다시 운전에 집중했다. 그때, 갑자기 김국현에게서 전화가 걸려 왔다.

"네, 말씀하세요."
ㅡ팀장님! 어디! 지금 어디에요! 지금 큰일 났어요!

김국현의 목소리가 정신이 하나도 없는 것처럼 들렸다. 항상 웃고 있는 모습만 봤기에 저런 모습을 보이자 보통 큰일이 아닌 듯싶었다. 블루투스로 연결되어 있었기에 혹시 회사 일인가 싶어 옆에 있는 단우 때문에 걱정도 됐지만, 그보다 무슨 일이 일어난 건지에 대한 걱정이 더 컸다. 태진이 긴장하며 김국현의 말을 기다릴 때, 국현의 떨리는 목소리가 들렸다.

—촬영장에서 사고 났답니다!
"네?"

어떤 사고인지 듣지도 못했지만, 일단 사고라는 말을 듣자 옛 생각이 떠오르며 심장이 덜컥 내려앉았다.

"무슨 사고요!"
—저도 몰라요! 지금 연락 왔는데 차 타고 나오는 도중에 철거 중이던 세트장이 무너졌대요.

태진은 순간 휘청거릴 정도로 충격을 받았다. 그리고 그 짧은 순간에 자신이 겪었던 일들이 주마등처럼 스쳐 지나갔다.

"애들은요······?"
—크게 다친 사람은 없다는데 일단 병원으로 갔대요.
"정확한 정보예요?"
—저도 몰라요. 저 지금 왕따라서 스쳐 지나가듯이 들었는데 1팀장이 직접 연락해서 사고 났다고, 기사 내라고 그랬대요. 그리고 경영 팀에서는 지금 바로 병원으로 출발한 거 같······.

김국현이 말을 끝내기도 전에 전화를 끊어 버린 태진은 곧바로 곽이정에게 바로 전화를 걸었다. 사이가 좋든 나쁘든 지금은 문제가 아니었다.

"왜 안 받는 거야!"

태진은 자신도 모르게 큰 소리까지 쳤다. 그러고는 곧바로 다시 국현에게 전화를 걸었다.

"어디 병원이래요?!"

＊　　　　＊　　　　＊

촬영장이 파주에 있었기에 참가자들도 촬영장에서 가까운 동인대학병원에 있다는 얘기를 들었다. 태진은 애써 침착해지기 위해 연신 심호흡을 하며 운전했다.

'침착하자. 침착하자.'

스스로를 다독였지만, 좀처럼 두근거림이 가시질 않았다. 그때, 옆에서 목소리가 들려왔다.

"저 안 내려 주시고 병원으로 곧장 가셔도 돼요."

"아!"

사고 소식에 권단우에 대해 생각도 못 하고 있었다.

"미안한데 중간에라도 내려 줄게요."
"괜찮아요! 동인대병원에서 집까지 가까워요."
"아, 그래요."

불행 중 다행인지 단우를 데려다줄 필요가 없어졌다. 그리고 저 대화를 끝으로 두 사람의 대화는 없었다. 지금은 단우에게 신경을 쓸 겨를이 없었다.

*   *   *

병원에 도착한 태진은 기도라도 하는 듯 연신 중얼거리며 병원 안으로 들어갔다. 누구보다 병원을 많이 다녔었지만, 지금처럼 초조했던 적이 없었다. 태진은 서둘러 응급실 안내 데스크로 향했다.

"네? 어떻게 도와 드릴까요?"
"파주에서 사고로 온 사람들 때문에 왔는데요."
"정확한 환자분 성함을 알려 주시겠어요?"

한두 명이 아니었지만 태진의 입에서는 가장 눈여겨봤던 정만의 이름이 나왔다.

"최정만이요."

"잠시만요. 어, 지금 보호자분 계시네요. 병원 규칙상 보호자
는 1인으로 제한되거든요. 보호자분에게 연락하시고 대기 장소
에서 기다리시는 게 좋을 것 같네요."

"네, 그런데 상태는 괜찮나요?"

"개인 정보라서 알려 드릴 순 없고요. 보호자분에게 연락을
해 보시는 게 좋을 것 같습니다."

막상 와도 아무것도 할 수 있는 게 없을 거란 건 알고 있었다.
그래도 직접 상태를 확인이라도 하고 싶은 마음에 달려왔는데 그
것조차 할 수가 없었다. 그때, 갑자기 누군가가 등을 두드렸다. 태
진은 MfB의 직원은 아닐까 하는 생각에 급하게 뒤를 돌았다.

"어……?"

"팀장님, 저기서 기다릴까요?"

"아직 안 갔어요?"

"아, 네… 저도 걱정이 돼서요."

다름 아닌 병원까지 함께 왔던 권단우였다. 급한 마음에 갔다
고만 생각했는데 이렇게 옆에 있었던 걸 알지 못했다.

"저쪽에 대기하는 곳 있거든요."

"괜찮아요."

"별일 없을 거예요. 큰 사고 였으면 난리 났을 텐데 기사 보니까 그런 얘기는 없더라고요."

"기사가 나왔어요?"

"네, 뒤따라 오면서 찾아봤는데 있더라고요."

태진은 단우가 안내하는 곳으로 걸음을 옮겼다. 그러고는 곧바로 휴대폰을 꺼내 기사를 검색하기 시작했다.

「속보 '세트장 철거 사고' 라이브 액팅 비상?」

「파주 세트장 철거 사고… 피해자 가운데 오디션 출연자들 포함」

「파주 세트장 철거 공사 중 붕괴 사고」

기사들 제목만 봐서는 문제가 심각해 보였다. 아마 크게 다친 사람들도 있을 것 같았다. 그때, 옆에 있던 단우가 조심히 입을 열었다.

"별일 없을 거예요."

누구보다 사고에 민감하다 보니 태진은 권단우의 말이 그다지 위로가 되지 않았다. 그럼에도 단우는 말을 이었다.

"만약에 큰 문제였으면 이러지 않을 거예요. 병원도 지금 난리 났을 거고."

"아."

그러고 보니 출연자들 수가 상당할 텐데 병원이 조용했다. 정확히 말하면 조용하다기보다는 일상의 병원처럼 보였다.

"막 앰뷸런스 소리 들리고 그래야 되는데 그런 게 없잖아요. 그리고 기자들도 오고 그랬을 건데. 누군지는 모르더라도 일단 큰 사고 소식 접하면 기자들 와서 취재하지 않았을까요? 그런데 기자는 한 명도 안 보이는 거 보면 큰 문제는 없는 거 같아요."

들고 보니 권단우의 말이 맞았다. 태진도 이곳까지 오는 데 걸린 시간이 있었다. 그 시간 동안 취재하러 오는 기자들이 한 명도 없다는 건 이해가 되지 않았다.

"기사 내용도 위화감만 조성하지 딱히 누가 다쳤다 이런 말은 없잖아요. 보통 이런 경우 사상자가 몇 명이다 이렇게 나오는데 그런 얘기는 하나도 없어서요."

태진은 단우를 쳐다봤다. 그 짧은 사이에 상황을 제대로 파악하고 있었다. 그런 단우의 말에 태진도 설득되어 차츰 진정이 되었다.

"그렇겠죠?"
"확실해요. 사고가 크게 나면 응급실 앞이 난장판이어야 되거든요."
"어떻게 그렇게 잘 알아요?"
"아! 저 여기 자주 왔거든요. 할아버지가 자주 쓰러지셨거든요.

할머니도… 여기로 왔었고요."

"할머님도 아프셨어요?"

"할머니는 주무시다가 심장마비가 와서 돌아가셨어요. 아무튼 그래서 많이 왔었는데 이렇게 조용할 때는 보통 별일 없었어요."

자신의 슬픈 얘기로 위로를 하는 단우의 말에 태진은 안심이 되는 동시에 한숨이 나왔다. 여기서 자신이 단우를 위로하는 것도 이상했기에 태진은 그저 고개를 끄덕이며 창밖을 봤다. 창문에 비치는 자신의 모습을 본 태진은 문득 이상한 생각이 들었다.

"제가 걱정을 많이 하는 것처럼 보여요?"

"그럼요. 표정은 일부러 침착하려고 그러시는 거 같아 보이는데 분위기가 아까하고는 완전 달라요."

캐릭터 분석할 때도 느꼈듯이 확실히 통찰력이 좋았다. 태진이 다시 고개를 돌리고 창밖을 볼 때 익숙한 얼굴이 눈에 들어왔다. 1팀의 팀원인 이철준이 누군가와 통화를 하고 있었다. 태진은 곧바로 일어나 밖으로 뛰어나갔다.

"이철준 씨!"

태진의 외침에 이철준이 고개를 돌렸다. 깜짝 놀라는 것도 잠시, 이내 기분이 나쁘다는 표정을 드러냈다. 그러고는 다시 고개를 돌려 통화를 이어 나갔고, 잠시 뒤 통화를 마치고서야 태진을 쳐다봤다.

"이철준 씨? 하, 참. 진짜⋯⋯."

호칭이 기분이 나쁜 모양이었다. 태진은 이철준의 기분보다 참가자들의 상태가 궁금했기에 서둘러 입을 열었다.

"참가자들은 괜찮아요?"
"괜찮아요. 왜 여기까지 온 거래. 지원도 안 했는데."
"걱정돼서 왔어요."
"괜찮으니까 가세요."
"정말 괜찮아요? 어디 다친 데는 없어요?"
"괜찮다니까요? 아, 참."

회사였다면 태진도 물러났을 텐데 사고 소식에 쉬이 물러나지 않았다.

"어쩌다가 사고가 난 건데요."
"저기요, 한태진 씨. 지금 저도 정신없거든요? 나중에 들으세요. 아니, 그냥 올라가세요."

그때, 뒤에서 익숙한 목소리가 들려왔다.

"형!"

태진은 그 어느 때보다 빠르게 고개를 돌렸고, 그곳에는 정만과 표정을 찡그리고 있는 곽이정이 보였다. 태진은 곽이정보다 정만에 대한 걱정이 컸기에 곧바로 정만의 앞에 섰다.

"괜찮아요? 어디 다친 데는 없대요?"
"아! 저 괜찮아요. 저희 때문에 오신 거예요?"
"네. 진짜 괜찮아요? 지금은 괜찮더라도 나중에 아플 수 있어요."
"저 정말 진짜 괜찮아요."
"다행이다. 다른 사람들은요?"
"좀 놀라긴 했는데 다들 다 멀쩡해요. 그냥 철거되는 소리에 놀란 거예요. 거리가 좀……."

정만이 말을 하려 할 때, 곽이정이 제지하고 나섰다. 그러고는 평소에 느꼈던 가면을 쓴 표정으로 태진을 보며 웃었다.

"연락이 제대로 가지 않았나 보군요. 다들 크게 다친 건 아니니까 소리 좀 낮추죠."

태진은 그제야 주변이 살폈다. 그런데 약간 떨어져 있는 권단우를 제외하고는 딱히 이곳에 관심을 갖는 사람은 없었다. 그때, 곽이정이 권단우를 힐끔 쳐다보는 것이 보였다. 아무래도 권단우가 안경을 쓰고 있어서 알아보지 못하는 듯했다.

"자세한 얘기는 회사 가서 해 줄 테니까 여기선 이쯤 하고 올라가죠."

"정말 괜찮은 거죠?"

"흠. 지금 계속 같은 말 하게 할 겁니까?"

태진은 마음 같아서는 눈으로 직접 확인하고 싶었지만, 곽이정의 태도를 보아 한발 물러나는 게 좋을 듯싶었다. 태진이 고개를 끄덕이자 곽이정 역시 고개를 끄덕이며 미소를 지었고, 그 미소를 끝으로 병원 안으로 들어가 버렸다. 그 와중에도 태진은 뒤따라 가는 정만을 보며 말했다.

"혹시라도 아프면 바로 얘기해야 돼요."

"네! 걱정하지 마세요. 이따가 연습실 가면 말씀드릴게요."

정만은 곽이정과 태진의 관계를 느꼈는지 어색하게 웃으며 병원으로 들어갔다. 모두가 병원으로 들어간 걸 확인한 태진은 그제야 숨을 크게 뱉고는 그 자리에서 쪼그려 앉았다.

"다행이네요."

조금 떨어져 있던 권단우가 태진처럼 쪼그려 앉은 채 바보처럼 웃고 있었다. 이렇게 보니 또 안경을 쓴 채 자신을 숨기려는 듯 보였다. 남의 시선을 신경 쓰는 와중에도 위로를 해 주려는 걸 보면 인성이 나쁜 건 아닌 듯 보였다.

"후, 같이 와 줘서 고마워요."

"고맙긴요. 저 연극 소개해 주신 게 더 감사하죠. 그런데… 팀장님은 다른 분들하고 좀 다른 거 같아요."

"저요?"

"네, 팀장님요."

"제가 뭐가요?"

"일로 만난 사이라 그런지 다른 사람들은 알게 모르게 계산하는 게 느껴지는데 팀장님은 진심으로 대해 주시잖아요. 솔직히 제가 팀장님 위치에 있었다면 안 그랬을 거 같거든요. 참가자들 괜찮다는 거 알았으면 라이브 액팅 촬영 문제없냐고 물어봤을 텐데 그 얘기는 한 번도 안 꺼내셨잖아요."

"아."

혹시라도 참가자들이 자신과 같은 경험을 하게 될까 봐 거기까지는 생각하지 못했다. 권단우가 말하고 나니 지금에서야 걱정이 되었다.

"그래서 채이주 선배님이나 다즐링이 왜 SNS에 팀장님 얘기하는지 이해가 조금 됐어요."

태진은 칭찬으로 들리는 말에 낯간지럽다는 듯 고개를 돌려 버렸다. 그때, 플레이스의 이창진이 보였다. 그리고 이창진의 앞에는 먼지가 묻은 것처럼 보이는 작업복을 입은 사람이 있었고, 두 사람은 무슨 심각한 대화를 나누는 모습이었다.

우습게도 다른 회사인 이창진이 더 자세히 알려 줄 거라는 생각에 태진은 두 사람의 대화가 끝나길 기다렸다. 무슨 대화를 하는지 서로의 입장을 이해한다는 듯 연신 고개를 끄덕거리는 걸 지켜봤다. 대화가 생각보다 길어지고 있었기에 태진은 옆에 있던 단우에게 말했다.

"집 여기서 가깝다고 했죠?"
"네, 가까워요. 버스 타면 금방 가요."
"바쁠 텐데 여기 있어도 되요?"
"아! 가야죠. 정신없으실 텐데 저까지 있으면 더 신경 쓰이겠다."

말은 간다고 하면서 좀처럼 일어날 기미를 보이지 않았다. 오히려 이창진이 단우보다 먼저 대화를 마쳤다. 태진은 그런 이창진에게 서둘러 걸음을 옮겼다. 그리고 이창진은 그런 태진을 바로 발견하며 놀란 표정으로 말했다.

"어? 한 팀장님! 여기까지 왔어요?"
"네, 괜찮으세요?"
"한 팀장님이 보기에 내가 어디 다친 거 같아요?"
"그러진 않은 거 같은데… 그래도 혹시 모르니까요."

이창진은 헛웃음을 뱉더니 고개를 저었다.

"아, 진짜. 안 맞아. 도대체 여러 사람 피곤하게 이게 뭐야. 그걸 또 수락한 나도 미친놈이지. 에휴!"

자신에게 하는 말이 아니라는 건 태진도 알고 있었다. 이창진이 저런 말을 할 대상은 곽이정밖에 없었다.

"무슨 일이신데요?"
"무슨 일은요! 그냥 노이즈마케팅이죠!"
"노이즈마케팅이요?"

이창진은 주변을 힐끔거리더니 검지를 입에 댔다.

"쉿! 다 알면서."
"혹시 지금 다 거짓말이에요?"
"그럼 진짜겠어요? 다 쇼하는 거지. 누구 다치면 우리부터 난리 나죠. 안전 관리 감독 소홀했다고 아주 난리 날 텐데."

이용할 게 없어서 사고를 이용하냐는 생각에 태진은 태어나서 가장 화가 치밀어 오르는 느낌이었다. 이를 꽉 깨문 태진은 확인차 천천히 질문을 던졌다.

"사고가 있었던 건 맞고요?"
"엄연히 따지면 사고는 아니죠. 거의 50m는 떨어진 곳에서 철거했는데. 그냥 소리에 놀란 거죠. 다 놀라는 중에도 곽이정 그

양반은 머리가 어떻게 돌아가는지 바로 병원으로 가자고 그러더라고요. 할리우드액션이라고 하는 게 맞겠네요."

"하아……."

"우리나 애들이나 얻는 게 있으니까 수락하긴 했는데 괜히 한거 같기도 하고."

"도대체 그렇게까지 해서 얻는 게 뭔데요?"

태진은 진심으로 화가 나 물었고, 이창진은 약간 부끄럽다는 표정으로 코를 훔쳤다.

이창진의 표정만 봐도 지금 한 짓을 부끄럽게 여긴다는 걸 알수 있었다. 그때, 문득 라이브 액팅 첫 촬영 때 곽이정이 했던 일이 떠올랐다. 그때도 거짓 기사를 내보내 사람들로 하여금 채이주와 정만에게 관심을 갖게 만들었다. 지금도 그와 비슷한 짓을한 듯했다.

"그렇게까지 해야 돼요?"

"사람들 관심을 받는 게 조금이라도 유리하니까요."

이창진은 한숨을 푸욱 뱉고는 말을 이었다.

"사실 처음에는 누구 하나 손해 보는 게 없다고 생각해서 동의했거든요. 그렇잖아요. 실제로 철거를 했고 그 소리에 놀랐으니까… 그러니까 나중에 대중들이 제대로 된 정보를 얻는다고 하더라도 애들이 놀랐다는데 어쩌겠어요. 그리고 MfB나 우리나 애들을 엄청 신경 쓰고 있다는 이미지까지 얻게 되는데. 자기 소속 배우들을 아낀다는 이미지만큼 좋은 게 없잖아요."

"그럼 카메라는요? 라액에서 찍고 있었을 건데."

"거기까지 다 생각했죠. 만약에 라액에서 찍고 있었으면 안 했을 겁니다. 그런데 촬영 끝나고 이동하면서 편하게 휴식하라고 카메라 껐거든요. 그리고 라액도 누구 하나 크게 다쳤다면 문제가 되겠지만, 그런 게 아니니까 이슈 몰이에 쓰여서 좋아하겠죠."

"대단하네요."

"사실… 고민은 약간 했는데. 재섭이 형한테 도움도 될 거 같아서. 어휴……."

"유재섭 배우님요?"

"지금 응급실 안에 애들하고 있어요. 그리고 채이주 씨도 지금 여기로 오고 있는 중이고요."

"아……."

응급실에 있다는 보호자가 유재섭인 모양이었다. 이창진의 말처럼 누구 하나 손해 보는 일이 아니었다. 곽이정이 벌인 일로 인해 모두가 득을 보는 상황이었다. 하지만 태진은 좀처럼 화가 가라앉지 않았다.

"그렇다고 사고를 당했다고 그러는 건 아니지 않나요? 참가자들 가족들이나 친구들은 얼마나 놀랐겠어요."

"안 그래도 먼저 다 괜찮다고 연락했습니다. 후……."

그때, 문득 아까 이창진과 함께 있던 사람이 떠올랐다. 먼지가 묻은 작업복을 그대로 입고 올 정도면 참가자의 가족이라는 생각이 들었다.

"그럼 방금 같이 계셨던 분 참가자 부모님이세요?"
"누구……."
"방금 여기서 얘기하시던 분이요."
"아! 아… 가족 아니죠."

태진의 질문에 이창진이 인상을 찡그렸다. 그러고는 갑자기 마른세수를 하고는 한숨을 크게 뱉었다.

"내가 그 부분에서 생각이 짧았어요. 미쳤지. 아, 미친놈! 악마의 유혹에 혹해 버려서! 에이!"

이창진은 분하다는 듯 짜증을 낸 뒤 말을 이었다.

"아까 그분 선우철거라고, 거기 대표예요."
"철거 업체요?"
"네."
"그분이 왜 왔어… 아."

아마도 사고 소식을 접하고 걱정된 마음에 병원으로 찾아온 듯 싶었다.

"걱정돼서 찾아오신 거예요?"

"그럼요. 갑자기 여기저기 전화가 오더래요. 오늘 세트장에서 철거 작업 한 곳이 딱 한 군데라는데. 그리고 건물 철거 업체가 그렇게 많지 않으니까 지인들이라면 선우철거란 거 딱 알죠. 그래서 걱정돼서 막 온 거예요."

"후, 민폐네요. 그래도 다친 사람 없어서 안심했겠네요."

이창진은 대답 대신 입맛을 다시고는 말을 이었다.

"그게 아니죠… 우리야 뭐 피해자 코스프레를 하고 있으니까 위로를 받겠지만, 저쪽은 자기들 일 한 건데 갑자기 가해자가 돼 버렸잖아요. 그럼 사람들이 어떻게 나올지도 빤히 보이잖아요. 철거 업체 어딘지 알아내고 안전 수칙 같은 거 다 지켰는지 조사하고 그럼 또 뭐 별의별 얘기가 다 나올 테고, 그 피해를 오롯이 받겠죠."

"아……."

"기사를 제대로 내보내도 일단 사고를 냈다는 이미지가 생겨 버렸으니까 그게 문제인 거죠. 사실 이름 좀 있거나 인맥 있고 그런 회사면 유야무야 넘어갈 수도 있어요. 그런데 방금 오신 분이 대표래요."

이창진은 머리를 벅벅 긁더니 말을 이었다.

"하필이면 오늘이 처음이래요. 원래는 무대 설치 업체였는데 요

몇 년 코로나 때문에 공연계가 아주 죽어 나갔잖아요. 그래서 같이 망해 가던 중 차라리 철거를 하자고 해서 바꾼 거래요. 그리고 근처만 몇 군데 하다가 이번에 처음으로 세트장 철거 입찰 땄는데 사고가 나니까 아주 겁에 질린 거죠. 잘못하면 망할 수도 있는데. 사장님 보면 참 좋은 사람 같은데. 진짜 악마 때문에……."

아무런 잘못도 하지 않았지만, 대다수의 사람들에게 욕을 먹을 건 분명했다. 태진도 예전에 채이주와 MfB의 불화설이 나온 기사로 인해 별의별 욕을 다 들어야 했다. 잠깐이긴 했지만, 아마 선우철거의 입장은 태진과 다를 것이었다. 태진은 돈을 받고 일하는 직원이었지만, 선우철거는 회사 자체가 사람들의 지탄을 받을 것이었다. 그러다 보니 시간이 약이라는 생각을 할 수가 없었다.

"그래서 뭐라고 하셨는데요?"
"뭐라고 할 게 없죠. 다 아무 일 없다는 기사 빨리 내보낸다는 말 했죠. 그리고 진짜로 기사 바로 나올 거예요."
"하아."

엄한 사람에게 피해를 주면서까지 이런 일을 해야 하는지 도무지 이해가 되지 않았다. 이렇게 해서 이슈를 끈다고 해도 결국엔 연기가 받쳐 줘야 했고, 지금 참가자들은 충분히 그 정도의 역량이 있었다.

"참가자들은 뭐라고 했어요?"

"뭘 뭐라고 해요?"

"이 일에 다 찬성했어요?"

"아, 모르죠. 그냥 곽 팀장이 혹시나 모르니까 검사하자고 해서 그냥 검사라고 생각하는 거죠."

"그건 다행이네요."

만약에 곽이정의 수작에 동의를 한 참가자가 있었다면 적지 않은 실망을 했을 것 같았다.

'아… 진짜 안 맞는다.'

안 맞는 사람하고 일하기 힘들다는 말을 듣긴 했는데 실제로 겪어 보니 하나하나 모든 것이 신경 쓰였다. 그렇다고 곽이정을 끌어내릴 수 있는 입장도 아니었다. 지금 주는 자신이 아닌 곽이정이었다. 어쩔 수 없이 화를 참는 방법밖에 없다고 생각할 때, 이창진이 태진의 뒤를 가리키며 말했다.

"그런데 저분은 누구예요? 지원 팀에 직원 새로 뽑았어요?"

"누구요? 아."

"직원 아니에요? 계속 힐끔거리는데."

뒤를 보니 권단우가 아직까지 기다리는 중이었다. 태진은 그런 단우를 불렀다.

"실장님도 아실 거예요. 권단우 씨라고요."

그러자 권단우가 안경을 벗고는 인사를 건넸다.

"안녕하세요."
"어……? 어? 뭐야! 진짜 MfB하고 일하는 거예요?"
"아! 아니요. 그건 아니고요. 한태진 팀장님이 어디 소개해 주셔 가지고요."
"어디요! 소개해 주면 우리 회사를 소개해 줘야지. 안 그래도 우리 회사 애들이 연락했었을텐데."
"회사가 아니고 연극 배역을 추천해 주셨어요."

태진은 무슨 소리인지 모르겠다는 이창진의 시선을 받으며 대답했다.

"권단우 씨 우리가 데려간다는 소문 때문에 이런저런 얘기가 많아서요. 그거 해결하려고 만났다가 그렇게 된 거예요."
"그럼 MfB는 안 가는 거 맞아요?"
"그건 모르죠."

혹시라도 모를 수 있다는 생각에 태진은 대답을 회피했다. 이창진도 더 이상 캐묻지 않고 권단우를 보며 질문을 했다.

"연극하려고요? 하긴 연극으로 연기 좀 배우는 것도 좋죠. 우리 회사에서 극장 운영하는 거 알죠? 우리 회사 오면 거기 배역에 추천해 줄 수도 있어요."

"아!"

"그래서 무슨 연극인데요?"

질문을 받은 단우는 태진을 힐끔 쳐다보고는 대답했다.

"어, 그게. 제목이 나르… 아, 뭐더라."

"자기가 출연하는 연극 제목도 몰라요?"

"아니요. 알아요. 나르샤니머즘!"

"뭔 공포 연극 찍어요?"

"아닌데."

태진은 단우를 보며 입맛을 다시고는 대신 답해 주었다.

"나르시시즘에 관한 연극이에요."

"어? 그런데 뭔 샤머니즘이 나오고 그래. 단우 씨 은근히 매력 있네? 하하하."

부족하다는 말을 매력 있다라는 말로 돌려 했고, 권단우는 바보 같은 웃음을 보였다. 태진이 그런 단우를 볼 때, 멀리서 플레이스 직원이 이창진을 부르는 소리가 들렸다.

"어, 나 찾네. 안 해도 될 일을 하려니까 발걸음이 안 떨어지네."

"바쁘실 텐데 가 보세요."
"가야죠. 아! 내가 왜 그랬을까! 아무튼 서울 가서 봐요."

이창진은 그 말을 끝으로 서둘러 갔고, 다시 태진과 단우만 남게 되었다.

*　　　　*　　　　*

결국 단우를 태우고 집에 데려다주게 된 태진은 생각이 많았다. 그러다 보니 차 안은 이동하는 내내 조용했다. 그러던 중 단우가 어색한 침묵을 깨고 입을 열었다.

"좀… 그랬죠?"
"네? 아."

태진은 한숨이 저절로 나왔다. 배우를 꿈꾸는 단우에게까지 회사의 안 좋은 모습을 보인 것 같아 씁쓸했다.

"좀 솔직하게 했으면 어땠을까 하는 생각은 들죠. 그런데 제 생각이 틀렸을 수도 있죠. 아마 모르시겠지만 저 회사 들어온 지 얼마 안 됐어요. 어쩌다 보니까 팀장이 됐지만, 일은 잘 몰라요. 어떻게 서포트를 하는지, 이 방법이 맞는지 배우는 중이거든요. 그래서 정답은 모르지만 지금 느끼기에는 지금 답은 틀린 거 같아요."
"네……."

단우의 목소리가 어째서인지 내려간 것처럼 들렸다. 단우는 다시 조심스럽게 질문했다.

"그럼 어떻게 했으면 좋겠어요?"

"꼼수나 수작 같은 거 벌이지 말고 진심으로 대하는 거죠. 배우는 진심으로 연기를 하고, 그리고 진심으로 팬들을 대하고, 나는 배우가 그렇게 될 수 있게 기회와 환경을 만들어 주면 되는 거고. 말은 쉬워 보이는데 어려운 것 같기도 해요."

권단우는 이해했다는 듯 고개를 끄덕거리더니 다시 입을 열었다.

"제가 부족해 보이지 않아도 사람들이 좋아해 줄까요?"

갑자기 무슨 소리인가 싶어 태진은 힐끔 옆을 쳐다봤다. 지금까지 사고에 관한 얘기를 한 건줄 알았는데 자신에 대해 얘기를 한 듯했다. 권단우가 왜 저런 얘기를 한 건지 되짚어 보니 한 가지 걸리는 게 있었다. 바로 이창진 앞에서 부족해 보이는 연기를 할 때, 자신이 권단우를 신경 쓰는 것처럼 느낀 듯했다. 자신의 실체를 알고 있는 사람 앞에서 그런 모습을 보이는 것이 부끄러웠던 모양이었다.

"안 그래도 다른 방식으로 다가가면 어떨까 했어요. 꼭 부족해야지 사람과 관계를 맺는 건 아니잖아요."

"그럼 어떤 게 좋을까요……"

사람들과의 관계에 집착을 하는 듯 보였다. 아마 그 정도로 외로운 생활을 하는 것 같았다.

"음, 딱히 생각나는 건 없는데. 진솔된 모습이 가장 좋지 않을까요? 그래야 단우 씨도 편하게 지낼 수도 있고. 사람들도 부담스럽지 않을 것 같고. 아! 물론 단우 씨 외모 때문에 시기하는 사람들도 있을 건데 그런 사람들하고 관계를 맺을 필요는 없을 거 같아요. 차라리 단우 씨를 좋아해 주는 사람한테 더 집중하는 게 나을 것 같은데."

"저를 좋아해 주는 사람한테까지 그런 소리가 들어가니까……"

학창 시절 친했던 친구 얘기를 하는 듯했다.

"음, 덜 친했던 거 아닐까요? 원래 친한 친구 만들기가 쉽지 않다고 하잖아요. 그러니까 세 명의 친구를 가지면 성공한 인생이라는 말도 있죠."

"익자삼우……"

"이번엔 제대로 말하네요. 그 정도로 어려운 건데 아직 제대로 된 친구를 만나지 못한 건 아닐까 해요. 그러니까 좀 솔직하게 자신의 모습을 보여 주는 게 좋을 거 같아요. 그만큼 다른 곳에 신경 안 쓰고 연기에 집중할 수가 있으니까요."

권단우는 뭔가 깨달은 듯 연신 고개를 끄덕거렸다. 태진은 자신도 앞가림하기 바쁜데 괜히 남의 인생에 조언을 하는 게 아닐까 하는 생각도 들었지만, 단우를 보며 느낀 바로는 짐을 조금 덜어 내는 게 좋을 것처럼 보였다.

잠시 뒤, 병원에서 가깝다고 했던 것과 달리 30분이나 걸려서야 단우의 집 근처에 도착했다.

"저 여기서 내려 주시면 돼요."

"집 앞까지 데려다줄게요."

"저기 골목이 좁은데 주차된 차도 많아서 차가 못 들어갈 거예요."

"그래요. 그럼 준비 잘하고 혹시 도움 필요하면 언제든지 연락해요."

"네, 오늘 정말 감사했습니다."

단우는 인사를 하고 차에서 내렸고, 차 문을 닫은 단우는 허리를 90도로 숙여 인사를 했다. 차 안에서 단우를 보는 태진은 저런 행동이 부담스럽기도 했지만, 단우의 어깨가 처음 봤을 때보다 가벼운 것처럼 보였다.

제4장

—

연극

　회사로 돌아온 태진은 연습실이 아닌 사무실에 자리했다. 연습실에 아무도 없거니와 있을 기분도 아니었다. 그저 아무런 사무 집기도 없는 책상에 앉아 실시간으로 올라오는 기사를 확인 중이었다. 그때, 사무실 문이 열리며 김국현이 들어왔다.

"팀장님! 병원 다녀오셨어요?"
"네, 좀 전에 다녀왔어요."
"휴……."

김국현은 뭔가 머쓱해하는 표정으로 빈 의자에 앉았다.

"제가 좀 더 자세히 알고 알려 드렸어야 했는데. 괜히 파주까지 다녀오시게 만들었네요."

"아니에요. 직접 확인하는 게 좋죠. 그런데 국현 씨도 별일 아닌 거 알고 있었어요?"

"그렇죠. 진짜 사고 났으면 아주 비상일 텐데 다들 차분하니까요. 그래서 생각해 보니까 곽 팀장이 수작 부린 거 같더라고요. 진즉에 알아차렸어야 했는데……."

그동안 오랫동안 곽이정을 옆에서 봐 와서인지 현장에 가 보지 않고도 제대로 파악하고 있는 듯했다.

"예전에도 이런 일 자주 있었어요?"

"있긴 했죠."

"그래서 안 가 보시고도 잘 아시는구나."

"네? 그 사람이 하는 짓은 잘 모르죠. 그냥 기사가 나오니까 아는 거죠."

"아."

태진이 어이없는 웃음을 지을 때 국현이 웃으며 입을 열었다.

"곽 팀장이 그런 짓 할 때 시그니처 같은 그런 게 있어요."

"그게 뭔데요?"

"제대로 된 기사 나올 때 꼭 자기를 끼워 넣거든요. 지나가는 것처럼 나오더라도 꼭 자기 얘기가 나와요. 콕 집어서 자기 이름이 언급되는 건 아닌데 연상되게끔 만들더라고요. 억지로 칭찬을 만들어서 받는다고 해야 되나."

"왜요?"

"자기 몸값 올리려는 거죠. 상황을 모르는 제삼자가 보면 일 잘한다고 볼 거잖아요."

어떻게 사람이 알면 알수록 이렇게 진저리가 나는지 태진의 고개가 저절로 저어졌다. 그러고는 더 이상 듣고 싶지 않은 마음에 입을 다물고 사고 소식에 관한 기사를 찾아 읽어 갔다. 그리고 읽으면 읽을수록 뭔가가 치밀어 올랐다. 전부 곽이정이 계획한 대로 흘러가는 느낌이었다.

사고 소식으로 사람들의 이목이 MfB와 플레이스로 향해 있었다. 지상파 뉴스에서도 현장 사진을 보여 주며 보도를 할 정도로 곽이정의 계획은 성공적이었다. 그리고 곧이어 다행히 부상자는 없다는 소식과 함께 MfB와 플레이스에서 한 대처에 대해서도 기사가 나오고 있었다.

'이거네……'

기사에는 국현이 말했던 내용이 있었다. 철거 현장과 거리가 있어 부상은 입지 않았지만, 혹시나 있을 수 있는 상황을 대비해 두 기획사의 책임자들이 모든 스케줄을 취소하고 병원으로 이동했다는 내용이었다. 하지만 애초에 촬영이 끝났는데 스케줄이 있을 리가 없었다.

거기다가 같은 차에 타고 있었음에도 참가자들부터 먼저 챙기는 유재섭이나 신품별의 촬영 중에도 사고 소식을 접하고 한걸음에 달려온 채이주까지 모두가 사람들의 관심을 받는 중이었다.

　—역시 사람은 이름 있는 물에서 놀아야 돼. 다른 데였으면 촬영 갔을걸?
　—유재섭 인성 오진다.
　—옆에서 건물 무너졌으면 존나 무서웠겠다.
　—채이주 저 옷 뭐임? 촬영 중에 왔다더니 찜질방 촬영 중이었나 본데?
　—왜 괜찮다면서 우리 정만이 인터뷰는 없지? 진짜 괜찮은 거 맞음?

　기사를 본 사람들은 대처에 대한 칭찬은 물론이고 자신들이 응원하는 참가자들의 안부를 물으며 더 많은 관심을 보였다. 사람들이 이런 반응을 보이자 태진은 자신이 지금 화를 내는 게 잘못된 건 아닐까 하는 생각마저 들었다. 특히 촬영장에서 바로 온 채이주에게까지 칭찬하는 걸 보니 더욱 그랬다. 그때, 자신이 기사를 보고 있는 걸 알기라도 하듯 채이주에게서 전화가 걸려 왔다.

　"네, 채이주 씨."
　—병원에 왔었다면서요! 아, 왜 말 안 해 줬어요!
　"저도 금방 갔어요."
　—아, 진짜 미친 거 아니야?

"네? 저요?"

―아니! 태진 씨 말고 곽이정이요! 그런 양아치 같은 짓을 해요! 할 거면 말이라도 해 주든가! 나도 갑자기 사고 소식 듣고 정신없이 갔는데! 혹시 태진 씨도 다 알고 있었던 건 아니죠?

"저도 몰라서 병원 갔던 거예요."

―그렇죠? 만약에 알고 그랬으면 진짜 실망할 뻔했어요. 아, 진짜 미친 거 같아. 어디에 말도 못 하고!

채이주의 화가 난 목소리를 들으니 태진은 자신의 생각이 틀리지 않았다는 걸 확신할 수 있었다.

―휴, 아무튼 지금은 촬영장에 가는 중이니까 자세한 얘기는 이따 밤에 전화해서 얘기해요.

통화를 마친 태진은 다시 기사를 읽어 가기 시작했다. 어떤 기사든 같은 반응이었고, 모두가 한곳을 향해 욕을 하는 중이었다.

―어떻게 매년 비슷한 사고가 일어나지?
―진짜 철거하다가 사고 난 거 한두 번 아닌 듯.
―법이 개판이라 그럼.
―돈 아끼려고 대충 무너뜨렸겠지. 레고 뿌시는 것도 아니고.
―처벌 좀내 씨게 하면 이런 일 없지.

같은 일로 사고를 당해 10년 넘게 누워 있었던 태진도 동감을 하지만, 이번에는 대상이 틀렸다. 정확한 상황을 모르고 하는 말이었지만, 아마 선우철거의 입장에서는 억울할 것이었다. 물론 철거 업체의 이름이 나오진 않았지만, 분명 무척 억울해하고 있을 것이었다. 태진은 병원에서 봤던 대표의 얼굴이 떠올랐고, 자신이 한 일이 아님에도 괜히 미안한 마음이 들었다. 그때, 사무실 문이 열리면서 수잔이 들어왔다.

"진짜 일을 어떻게 하는 거지? 팀장님 병원 다녀왔다면서요. 애들은 괜찮아요?"

수잔도 자신과 같은 생각인 듯 보였다. 하지만 수잔의 입에서는 엉뚱한 말이 나왔다.

"진짜 안전불감증 문제 심각해. 안전장치를 설치하고 공사를 해야지! 안 그래요?"

곽이정을 욕하는 게 아니라 철거 업체를 욕하고 있었다. 제대로 된 상황을 모르면 수잔처럼 받아들이는 게 당연했다. 그때, 수잔의 입에서 철거 업체의 이름이 나왔다.

"선우철거라고 했나? 반성문이라고 올린 거 보면 죄다 변명이고. 진짜 사과하는 꼬라지 보면 하나같이 변명하기 바빠. 안 그래요?"
"선우철거요?"

"네, 이번에 사고 친 데 이름이 선우철거잖아요."

"이름은 어떻게 알았어요?"

"팀장님은 모르셨어요? 좀 전에 사과문 올렸는데."

태진은 표정을 지을 수 없음에도 얼굴이 찡그려지는 것처럼 느껴졌다. 지금 같은 상황에선 가만히 있을 게 아니라면 차라리 고소를 하는 편이 나았을 것이다. 지금 사과를 하는 건 자신들을 노리는 하이에나한테 먹이를 던져 준 것이나 다름없었다.

"그게 어디에 있어요?"

"선우철거 홈페이지에요. 왜요? 뭐 잘못됐어요?"

그때, 국현이 고개를 저으며 수잔을 불렀고, 태진은 상황 설명을 국현에게 맡긴 채 검색사이트에 선우철거를 입력했다.

'아……'

반성문은커녕 사이트가 열리지도 않았다. 아마 한꺼번에 많은 사람들이 접속한 탓인 듯했다. 태진은 계속 새로고침을 하며 사이트가 열리길 기다렸고, 한참이나 같은 행동을 반복하던 중 사이트가 열렸다. 그리고 팝업창을 통해 사과문이 보였다. 글은 시작부터 굽히고 나가는 모양새였다.

[이번 사고로 피해를 입은 분들과 가족분들에게 애통한 심정으

로 사죄드립니다. 하루빨리 회복하시고 쾌유하실 수 있도록 저희 선우철거는 모든 지원을 아끼지 않겠습니다.]

'왜 사과를 하는 거야.'

태진은 대표의 얼굴이 떠오름과 동시에 곽이정의 얼굴이 떠올랐다. 답답함과 미안함, 그리고 분노까지 여러 감정이 뒤섞였다. 태진은 한숨을 크게 뱉고는 사과문을 마저 읽었다.

[다만 선우철거는 결코 건축법에 위반되는 행위를 하지 않았으며 항상 안전을 제일로 여기며 작업을 해 왔습니다. 이번 사고의 경우도 철거 현장과 피해자분들의 거리가 있었고, 안전에는 전혀 문제가 없었습니다. 하지만 위치적으로 큰 소리가 울릴 수 있다는 점을 간과했고, 그로 인해 지금과 같은 사고가 생겼습니다. 앞으로는 더욱 안전에 주의를 기울이고 신경을 쓰는 선우철거가 되겠습니다. 피해자분들께 다시 한번 진심으로 사과드립니다.]

"하······."

억울함에 변명을 하고 있긴 했지만, 다른 사람들은 사과로 보지 않을 것 같았다. 건축 업계에 대해 자세히 알진 못하지만, 아무래도 큰 타격을 입을 것 같은 느낌이었다. 그때, 국현에게 제대로 된 상황을 전해 들은 수잔의 헛웃음이 들렸다.

"와! 진짜 나쁜 놈이네! 그런 것도 모르고… 너무한다. 나 같았으면 바로 고소해 버릴 텐데!"

"에이, 내가 같이 있어서 아는데 곽 팀장이 그렇게 허술한 사람이 아니에요."

"뭐가 됐든 일단 고소부터 해야죠! 화병 나겠는데?"

"철거한 건 사실이고, 근처에 있었던 것도 사실이고, 놀란 것도 사실이고. 그래서 병원에 데리고 간 것도 사실이고. 대처가 과하긴 했는데 자기가 담당이라서 혹시나 모를 일을 대비해서 그랬다고 그러면 저쪽에서 무슨 말을 해요. 그리고 곽 팀장이 어디 철거 업체라고 집어서 말한 것도 아니고! 자기가 먼저 밝혔는데."

"어우, 진짜 생긴 대로 하는 짓이 너무 얄밉네. 그냥 내가 총대 메고 내부고발 할까요?"

"내부고발을 뭐로 해요? 증거도 없이 그냥 심증인데? 곽 팀장이 일부러 했다는 증거 있어요?"

"아니, 증거가 있어야 고발하나! 열받으라고 고발하는 거지."

"참으세요. 곽이정은 열받고 끝나겠지만, 수잔은 직장 어떻게 다니려고 그래요."

아무것도 모른 채 선우철거를 욕한 게 미안했는지 수잔은 좀 과하다 싶을 정도로 화를 냈다. 태진도 마찬가지로 화가 났지만, 여기 있는 누구도 선우철거의 일을 해결해 줄 수 있는 방법이 없었다.

*　　　　*　　　　*

며칠 뒤, 여전히 태진은 1팀의 견제를 당하는 중이었다. 덕분에 하는 일이라고는 사무실에서 촬영해 온 영상을 보는 것뿐이었다.

"팀장님, 이러다가 실적 없어서 지원 팀 사라지는 거 아니에요?"
"아, 그래서 못 오게 하는 건가."

국현의 말을 듣고 나니 곽이정이라면 충분히 그럴 수 있다는 생각이 들었다. 지원 팀이다 보니 다른 부서에서 요청을 하지 않으면 딱히 할 일이 없었다. 4팀장 스미스가 도움을 청한 것이 있긴 했지만, 정식 업무가 아니었다.

"지원 팀이 좋은 거 같으면서도 은근히 정신적으로 압박이 있네요."

바쁘게 일할 땐 몰랐는데 아무것도 안 하고 있으니 태진도 같은 마음이었다.

"이럴 땐 어떻게 해야 돼요?"
"음, 마음껏 쉬거나 아니면 일할 거리를 찾아야겠죠?"
"우리한테 지원 요청을 안 하는데 어디서 찾아요?"
"지원 요청을 하게끔 일할 거리를 던져 주면 되지 않을까요? 그거 말고는 딱히……."

경험이 많은 국현에게 물었지만 국현도 딱히 방법이 없었다. 태진은 최근 들어 계속 답답한 마음만 들었다. 그때, 태진의 휴대폰이 울렸다. 번호를 보니 권단우였고, 며칠 전 만난 이후로 매일같이 전화를 걸어오는 상태였다.

"네, 단우 씨."
―팀장님, 안녕하셨어요.

어제까지만 해도 연습이 재밌는지 들뜬 목소리였다. 한층 밝아진 모습으로 연습했던 걸 들려 주기도 했고, 대본 해석을 물어보기도 했다. 그런데 지금은 어제와 다르게 목소리가 푹 가라앉은 것처럼 들려왔다.

"무슨 일 있으세요?"
―아니요! 아닙니다.
"그래요?"

분명 무슨 이유가 있는 듯했지만, 단우가 선뜻 입을 열지 않고 있었다. 굳이 캐묻는 것도 이상했고, 지금 자신의 앞가림하기도 바빴기에 태진은 더 이상 묻지 않았다. 그때, 4팀에 가 있던 수잔이 사무실로 들어왔다. 태진은 수잔에게 손 인사를 하고는 다시 전화를 받았다.

"뭐 물어볼 거 있어요?"

―아, 아니에요. 오늘은 그냥 안부차 연락드린 거예요. 식사는 하셨죠?

"네, 먹었죠."

별 의미 없는 안부로만 통화를 이어 나가다 더 이상 할 말이 없는지 단우가 먼저 대화를 끊었다.

―저 또 연락드려도 되죠?

"그럼요. 언제든지 연락하세요."

―감사합니다. 그럼 바쁘실 텐데 이만 가 볼게요!

"그래요. 연습 잘하세요."

―네⋯⋯.

마지막 대답에서 찝찝함을 느끼긴 했지만, 본인이 말을 하지 않는 데는 그만한 이유가 있다는 생각으로 고개를 저어 찝찝함을 털어 냈다. 그때, 수잔이 조심스럽게 입을 열었다.

"권단우예요?"

"네, 왜요?"

"에이, 아니에요."

지금 수잔의 표정으로 보아 무슨 문제가 있는 건 확실한 것 같았다.

기껏 소개해 줬는데 문제가 생겨 안 좋게 흘러가면 소개해 준 태진이 욕을 먹을 수도 있는 상황이었다. 그렇기에 태진은 수잔에게 질문을 했다.

"공연 준비 하는 데 무슨 문제가 있어요?"
"하, 문제없다고는 하는데 제가 보기에는 문제가 많아 보여요."
"혹시 단우 씨 연기 때문에 그래요?"
"에이! 그런 건 아닌 거 같아요. 생각보다 연기 더 잘한다고 그러더라고요."
"그럼요? 방금 단우 씨는 왜 물어보셨어요?"
"그게, 사람이 사는 곳이니까 생기는 문제 같긴 한데……."

수잔은 민망하다는 표정으로 괜히 손등을 비벼 대며 말했다.

"기존 단원들이 시기를 좀 하나 봐요."
"시기요?"
"자기들은 돈을 안 받고 하는데 아니지, 오히려 내고 하는데 단우 씨는 돈 받고 하니까요."
"제가 듣기로는 공연 10회에 100만 원 받는다고 하던데요? 엄청 싼 거 아니에요? 거의 무료 봉사나 다름없잖아요."
"그래도 일단 받는 거니까."
"그 사람들도 나중에 공연 끝나면 수익금 다 나눠 가질 거잖아요. 지금 하고 있는 건 투자 아니에요?"

"그렇죠. 그런데 문제는 지금도 자금이 부족하다는 게 문제죠."

"…자기들끼리 유종의 미를 거둔다고 모인 건데 시기를 해요?"

태진은 들을수록 이해가 되지 않았다. 딱 맞는 배우라고 좋아할 땐 언제고 시기를 한다는 말에 약간 화도 치밀어 올랐다.

"근데 투자도 못 받고 그러는데 지금도 연습실 비용만 나가고 있거든요."

"연습은 어디서 하는데요?"

"밤에 태권도장 빌려서 하고 있대요. 그 비용도 나가지. 공연장 섭외는 아예 되지도 않고 있지."

"공연장 섭외를 아직도 못 했어요? 그런데 배우부터 구한 거예요?"

"배우는 한 명만 구하면 되는 거라서 먼저 구했나 봐요. 그리고 공연장이 이렇게 안 구해질 줄은 몰랐대요."

태진은 들으면 들을수록 단우에게 잘못 추천을 해 준 것 같은 기분이 들었다. 조금 더 알아보고 추천을 해 줬어야 했는데 너무 쉽게 생각한 듯했다. 아까 푹 가라앉은 단우의 목소리가 떠오르자 미안함이 더 커졌다.

"너무 마구잡이식인데요?"

"그게 다 돈이 없으니까 계속 꼬이나 봐요."

"공연장 구하는 데 돈이 많이 들어요? 저번에 수잔이 말해서 알아봤는데 그렇게 안 비싸던데요. 어차피 소극장이잖아요."

"그건 보증금 달고 들어가면 좀 싸죠. 요즘 보통 50석 이상이 보증금 1억에 월세 400 정도 돼요. 자리나 시설이 더 좋으면 더 비싸고요. 그리고 이건 어디까지나 장기계약일 때고 지금처럼 단기는 구하기도 힘들어요. 제약도 많고요. 무대 설치 할 때 제약을 두는 곳이 엄청 많아요."

"그럼 다른 극단들은 어떻게 공연장 빌리는데요?"

"이름 있는 배우가 있거나 기존에 성적이 좋으면 투자자도 생기거든요. 그렇지 않은 극단들은 대부분 알바 해서 월세 내고 그러기 바빠요. 아니면 지금처럼 하나 공연할 때마다 여기저기 사정하고 다녀야 되고. 그런데 이런 극단이 생각보다 많아요."

"후……."

"오죽하면 돈 아끼려고 무대 설치도 단원들이 해요. 그래야 그나마 돈을 아끼니까… 뭐, 객석이 채워진다는 보장이 있으면 모르지만 객석이 채워질지는……."

"미지수고요?"

수잔의 끄덕거리는 걸 본 태진은 별로 좋지 않은 소식에 한숨이 나왔다.

"그럼 만약에 공연 취소되면 단우 씨는 그냥 붕 뜨는 거잖아요."

"그렇죠. 그런데도 일단 돈을 받았다는 게 안 좋게 보이나 봐요."

"그렇다고 무료로 할 수도 없잖아요. 그럴 거면 극단 내에서 배역을 해결했어야죠."

"저도 그렇게 생각해요. 근데 다들 어렵다 보니까 그게 잘 안되나 봐요. 그리고 단우 씨도 좀… 그런가 봐요."

태진은 의아한 듯 고개를 갸웃거리며 수잔을 봤다.

"단우 씨가 왜요? 단우 씨만큼 착한 분도 없는데."

"저도 그렇게 말했거든요. 그리고 저도 본 게 있으니까. 저번에 봤을 때 되게 순박하게 봤는데……."

"그런데요?"

"좀 까칠하대요. 아, 까칠하다기보다는 너무 직설적이래요."

"단우 씨가요?"

"이상하죠? 우리가 봤을 때는 완전 좀 바보같이 보일 때도 있었는데. 그래서 안 믿겼는데 그 말을 또 하더라고요. 그래서 단원들하고도 가까워지질 못해서 더 시기하는 거 같다고……."

방금 전 통화를 할 때만 하더라도 굉장히 예의 바르고 평소와 다르지 않았다. 물론 다른 사람들과 자신을 대하는 게 다르다는 걸 알지만 원래 성격이 착한 친구였다.

"뭘 어떻게 하는데요?"

"그게 자꾸 연기를 지적하니까 더 틀어지나 봐요."

"연기를 지적해요? 단우 씨가?"

"그렇대요."

"그냥 거기서 하는 말 아니에요?"

"저도 아무리 생각해도 단우 씨가 그럴 거 같진 않아서 몇 번이나 물어봤는데 진짜인가 보더라고요."

아무리 생각해도 단우가 그럴 것 같진 않았다. 아무래도 소개해 준 사람으로서 직접 확인을 하는 편이 나을 듯싶었다.

"연습실이 어디래요?"

"오류동에 있는 태권도장이래요."

"오류동이요? 공연은 대학로에서 알아본다면서요."

"단원들 중 한 명 친척이 운영하는 곳이라서 싸게 하고 있대요."

"하……."

들으면 들을수록 단우를 말도 안 되는 곳으로 밀어 넣은 것 같았다. 차라리 다른 회사를 갔으면 어땠을까 하는 생각이 들었고, 그러던 중 단우를 좋게 봤던 이창진이 떠올랐다.

"아, 맞다."

"왜요?"

"아니에요. 그 주소 좀 저한테 보내 주세요."

"연습실 주소요? 가 보시게요? 지금 가도 못 볼 텐데."

"왜요?"

"도장 문 닫아야 하거든요. 그래서 밤에만."

"아, 그래서 단우 씨가 낮에 전화해서 연기 물어본 거였구나. 아무튼 주소 좀 보내 주세요. 제가 가서 봐도 되죠?"

"제가 말해 놓을게요."

수잔의 대답에 태진은 곧바로 휴대폰을 꺼내 들었다.

"실장님, 저 한태진인데요. 뭐 좀 여쭤보고 싶어서요."

—어, 한 팀장님. 어쩐 일이에요.

이창진의 굉장히 반기는 목소리에 태진은 약간 당황하며 말했다.

"혹시 저희 회사 직원들 옆에 있어요?"

—어휴, 내가 그렇게 눈치가 없진 않아요. 없으니까 크게 말했지.

"아, 네."

—진짜 사이 안 좋은가 본데? 그럴 게 아니라 우리한테 와요. 하하.

저런 말을 아무렇지 않게 하는 이창진의 말에 태진은 어색하게 웃었다.

—에이, 농담! 정색하기는. 그런데 왜 나한테 연락을 하셨어요?

"아, 여쭤보고 싶은 게 있어서요."

—나한테? 뭔데요?

"저번에 플레이스에서 소극장 운영하신다고 하셨잖아요."

—아, 소극장. 네, 우리가 운영하는 극장 있죠. 소극장도 있고, 그런데 소극장은 왜요?

"혹시 지금 사용하고 있는 건가요?"

—대극장은 사용 중인 거 같은데 소극장은 잘 모르겠는데⋯⋯. 보통 극단하고 연 계약 하기는 하는데 아마 지금 끝날 때 된 거 같기도 하고. 한번 알아봐 줄까요?

"아! 네, 그래 주실 수 있으세요? 대관료하고 단기로 임대가 되는지도 좀 알았으면 하는데."

—기다려 봐요.

그 말을 끝으로 이창진은 전화를 끊었다. 잘되면 좋고 안 되면 어쩔 수 없지만, 단우를 봐서라도 도움이 될 수 있으면 주는 게 좋을 것 같았다. 그때, 옆에서 국현의 시선이 느껴졌다.

"왜요?"

"아닙니다!"

"왜 그러시는데요?"

"아, 그냥 좀 그래서요."

"뭐가요?"

국현은 목뒤를 쓰다듬으며 어색하게 웃었다.

"그게 지금 저희 앞가림하기도 바쁜데… 다른 일 하시려는 거 같아서요."

"아."

"제가 괜한 걱정하는 건가 봐요. 그냥 제 생각입니다! 어떻게 보면 이것도 지원하는 거죠! 외부 지원!"

국현의 말도 일리가 있었다. 하지만 지금 당장 할 일이 없었기에 그걸 고민한다고 해결이 되는 건 아니었다. 그때, 모르는 번호로 전화가 걸려 왔다.

"네, 여보세요."

─안녕하세요. 한태진 단장님 되시죠?

"네? 제가 한태진은 맞는데요."

─아, 이창진 실장님한테 연락받고 연락드리는 거예요. 전 운영부 박찬미라고 합니다.

"아, 네."

─소극장 알아보시는 중이라고 들었어요. 규모는 어느 정도 예상하시나요?

"50석 좀 넘었으면 하거든요."

─아, 저희 플레이스 소극장이 딱 맞네요. 대극장은 지금 대관 중이고요 소극장은 마침 비어 있는 상태예요.

태진은 순간 어이가 없었다. 간단하게 가격이나 알아본 뒤 전달해 줄 생각이었는데 어떻게 말했는지 자신을 단장으로 착각하는 듯했다.

　─단기로 알아보시는 중이라고 들었어요. 저희 소극장 같은 경
우는 연극만을 위해서 사용되는 공간이고요. 그러다 보니 무대
설치도 다른 극장에 비해 자유로운 편이에요. 그리고 객석 수는
65석이고요. 최소 기간은 두 달입니다. 계약기간 내 매일 4시간
씩 대여가 되고요. 비용은 보증금에 따라 달라지는데 만약에 보
증금 없이 사용하신다면 한 달에 450만 원입니다.

　너무 친절한 상대방의 대우에 궁금한 걸 물어보기가 민망했
다. 그럼에도 태진은 민망함을 참고 질문을 했다.

　"열흘 정도 계약은 힘든가요?"
　─열흘이요? 그건 저희도 좀 곤란해요. 대신 오래 공연 하시려
면 아무래도 관객이 있어야 하잖아요. 그래서 저희가 관객을 유
치할 수 있도록 플레이스 채널을 통해서 홍보도 도와 드리고 있
어요.
　"아, 네. 혹시 궁금한 거 생기면 여기로 전화드려도 될까요?"
　─그럼요. 의문 사항 생기시면 언제든지 연락해 주세요.

　더 이상 물어볼 것도 없었고, 왠지 비굴해지는 느낌마저 들었
기에 태진은 서둘러 통화를 마쳤다.

　"후우."

한 달에 450이라고 얘기했으니 두 달이면 900만 원이었다. 단우에게 백만 원 줬다고 빌빌거리는 극단인데 아마 대관료는 없을 것 같아 보였다. 혹시라도 돈이라도 있으면 투자를 해 볼 생각이라도 들 텐데 지금 당장 태진이 가진 돈도 없었다.

'아, 일단 어떻게 하고 있나 봐야겠네.'

안 되는 일이라면 차라리 빨리 그만두게 하고 단우를 데려오는 게 그나마 단우에게 덜 미안할 것 같았다.

*　　　　*　　　　*

수잔에게 받은 주소에 도착한 태진은 태권도장 앞에 붙여진 종이를 물끄러미 쳐다봤다.

[극단 조각가들]

프린트한 A4 용지가 붙어 있었다. 없는 와중에 구색은 갖추려고 하고 있었다. 태진은 그 종이를 물끄러미 쳐다봤다. 전에 듣기로는 극단 이름이 낙담금지라고 했는데 들었던 것과 다른 이름에 약간의 의아해하며 노크를 했다. 그러자 안에서 문이 열리며 사람이 나왔다. 정돈 안 된 단발머리에 콧수염까지 기른 사람이었고, 한눈에 봐도 예술가라는 느낌이 물씬 풍겼다. 그리고 태진이 인사를 하기도 전에 먼저 인사를 건넸다.

"안녕하세요. MfB에서 오셨죠?"

"네, 안녕하세요."

"들어오세요. 전 박한걸이라고 합니다! 수진이한테 연락받았습니다."

"낙담금지… 맞죠?"

"아! 얼마 전까지 그 이름이었는데 단원들이 좀 바꾸자고 해서 바꿨습니다!"

이름이야 어떻든 상관없었다. 그런데 단우가 어떻게 하고 있는지 구경하러 왔을 뿐인데 너무 반겨 주는 느낌이었다. 박한걸이라는 사람은 단원들에게까지 태진을 소개했다.

"여기 MfB 캐스팅하시는 분인데 우리 연습하는 거 잠깐 보신다고 오셨어. 인사들 드려."

"안녕하십니까!"

"안녕하세요!"

말이 끝남과 동시에 태권도장이 떠나갈 듯한 인사 소리가 들려왔다. 인사를 하고 있는데 태진이 듣기에는 '나 좀 뽑아 주세요'라고 들리는 인사였다. 전혀 그런 의도로 온 게 아니었기에 너무 부담스러웠다. 그때, 구석에서 살짝 놀라고 있는 단우가 보였다. 태진이 올 거라고는 생각도 못 한 모양이었다.

태진은 단우에게 알은척을 할까 고민했지만, 여기서 알은척하면 자신에게 기대하는 단원들이 단우를 더 시기할 수도 있다는 생각에 서둘러 고개를 돌렸다. 그러고는 박한걸에게 말했다.

"참관하게 해 주셔서 감사합니다. 저는 방해 안 되게 저쪽에 있겠습니다. 신경 쓰지 마시고 평소에 하시던 대로 연습하세요."

대체 무슨 오해를 하고 있는지 태진의 말이 끝남과 동시에 단원들의 눈빛이 반짝거렸다.

단원들의 연기를 지켜보는 태진은 자신도 모르게 한숨이 나왔다. 아직 연습하는 중임에도 모든 단원들이 대사를 외운 건 칭찬할 만했다. 다만 정작 연기가 너무 부족했다. 그동안 어떻게 연극배우 생활을 한 건지 이해가 되지 않을 정도였고, 한편으로는 극단이 망한 것이 이해가 되었다. 덕분에 단원들 중에서 단우가 빛나 보일 정도였다.

'알바 하느라 바빴을 텐데 연습을 많이 했나 보네.'

통화로 질문했던 연기까지 소화하려고 애쓰고 있었다. 하지만 상대역인 단원들이 전혀 받쳐 주질 않다 보니 단우마저 흔들리는 중이었다. 게다가 몇몇 사람은 대놓고 합을 맞추지 않으려는 모습까지 보였다. 수잔에게 들었던 대로 사이가 좋지 않은 모양이었다. 그러다 보니 예전에 면접을 볼 때 봤던 '청소부'는 양반이었다는 생각마저 들었다.

'왜 사이가 안 좋을까. 진짜 돈 때문에?'

아무리 생각해도 출연료로 저런다는 게 이해가 되지 않았다. 그러던 중 단우가 갑자기 상대역을 향해 말했다.

"선배님, 너무 대놓고 기분 나빠 하는 것보다 화가 나지만 속으로 삭인다는 느낌이 맞을 거 같아요."
"또 그러네."
"죄송한데요. 대본에도 이런 느낌이었거든요."
"대본에 그런 내용이 없었어요. 난 내 나름대로 해석을 한 거고. 하아……"

태진은 약간 놀라며 단우를 봤다. 또 처음 보는 사람들 사이에서 바보 같은 모습을 하고 있을 거라 생각했는데 그게 아니었다. 자신이 봤던 단우의 모습이었다. 다만 똑똑한 단우라면 선배에게 연기에 대해 지적을 한다면 기분이 나쁠 거란 걸 알고 있을 텐데 대놓고 저런 말을 하는 게 의아했다. 태진은 옆에 있는 단장에게 조용히 말했다.

"혹시 대본 좀 볼 수 있을까요?"
"아, 지금 남은 대본이 차에 있는데 가져올까요?"
"들고 계신 거 대본 아니에요?"
"좀 지저분한데."

"괜찮아요. 잠깐 봐도 될까요?"

태진은 넘겨받은 대본을 천천히 읽어 갔다. 무슨 대사에 동그라미와 메모를 그렇게 했는지 가려서 안 보이는 부분도 있었다.

'열심히는 하는구나.'

노력은 하지만 실력은 따라 주지 않는 모습을 안타까워하며 대본을 읽어 갔다. 예전에 수잔에게 받았던 앞부분을 빠르게 넘기던 중 방금 단우가 했던 장면처럼 보이는 대사가 보였다.

─야, 왜 이렇게 붙는 거야. 좀 떨어져.
─아이, 왜 그래.
─좀 떨어지라고. 너 때문에 나까지 급이 떨어져 보이잖아. (손으로 얼굴을 훑으며) 어떻게 좀 안 되니?
─아니, 이렇게 태어난 걸 내가 어떻게 할 수 없잖아.
─(고개를 저으며) 어우, 어우.

외모가 최고라고 생각하는 단우가 주변 사람들을 무시하는 장면이었고, 태진이 보기에도 단우가 말한 것이 맞는 것 같았다. 자신의 캐릭터만이 아니라 다른 캐릭터까지 모두 분석한 것이다.

그 뒤로도 단우는 조심스럽게 단원들에게 조언을 했고, 그때마다 단원들은 하나같이 못마땅한 표정을 지었다. 하지만 태진이 있는 탓에 눈치를 보느라 목소리를 높이는 일은 없었다. 연기에 집중해도 될까 말까 한 수준처럼 보이는데 단우를 견제하느라 수준이 너무 떨어진 느낌이었다. 만약 여기다 라이브 액팅의 참가자들을 데려다 놓으면 연기의 신처럼 보일 것 같았다.

'좀 답답하네.'

그때, 옆에 있던 단장이 조심스럽게 입을 열었다.

"아직 연습하는 중이라서 좀 부족하지만 다들 열심히 하고 있습니다."
"네."
"지금은 좀 부족해 보여도 금방 캐릭터 이해하고 자리 잡습니다."

나름 단장이라고 단원들을 챙기고 있었다. 태진은 단원들에게 직접 말은 안 하더라도 단장에게 말을 하면 어느 정도 반영이 될 거라는 생각에 입을 열었다.

"제가 보기엔 단우 씨가 말한 대로 흘러가는 게 더 자연스러울 거 같은데 어떻게 보세요?"
"음, 그럴 수 있겠네요."

태진은 순간 단장을 위아래로 훑어봤다.

'뭘 이렇게 잘 받아들여.'

태진의 말을 받아들인 단장은 단우의 상대역에게 말했다.

"준성아, 지금 단우가 말한 것도 괜찮지 않아?"
"아 참, 형까지 왜 그래요. TV 드라마면 그냥 표정이 보이니까
상관없다고 했잖아요. 그런데 우리가 드라마 해요? 연극하잖아
요. 좀 더 표현을 해야지 관객이 알아보죠."
"아, 그렇지. 맞아, 맞아."

이번에는 단원의 말에 바로 수긍을 하며 태진을 봤다. 외모만
보면 카리스마가 철철 흐르는 사람처럼 보이는데 실제로는 여기
서 하는 말에 팔랑, 저기서 하는 말에 팔랑대는 팔랑귀였다. 단장
이 이러니 극단이 제대로 될 리가 없었다. 아무래도 단장보다는
단원에게 직접 말을 하는 게 나을 것 같았다.

"연극이라고 하더라도 흐름과 다르게 표현하는 건 아닌 거 같
은데요. 준성 씨라고 했죠. 준성 씨 역이 계속 이어지는 것도 아
닌데 너무 시선이 집중되잖아요. 포커스는 단우 씨한테 맞춰져야
되는데. 그리고 여기서 그렇게 화를 내는 건 앞에 내용하고도 엇
나가고, 그렇게 되면 또 뒤에 나오는 사람들은 지금보다 더 화를
내야 되지 않을까요?"
"아……"

뭔가 말을 하고 싶지만, 태진이 에이전트라서 꾹 참는 듯 보였다. 그 모습을 본 태진은 표정을 가리키며 말했다.

"지금 그렇게 하는 게 더 잘 살 거 같은데요."
"후, 전 지금 하는 게 최선인 거 같아요. 어떻게 하라는 거죠?"

물러나는 것 같았으나 단우 앞이라서인지 끝까지 자존심을 지키려 괜한 고집을 부렸다. 그런 단원의 모습을 보던 태진은 잠시입을 다물었다. 아무래도 제대로 된 연기를 보여 줘서 단우의 의견에 힘을 실어 주는 것이 좋을 듯싶었다. 그리고 그동안 열심히 준비한 단우가 제대로 된 상대역과 하는 연기도 보고 싶기도 했던 참이었다. 결정을 내린 태진은 단장을 보며 말했다.

"혹시 여기에 맥주 있어요?"

기왕 보여 줄 거면 두통이 좀 생기더라도 제대로 된 모습을 보여 주고 싶었다. 표정을 지을 수 없으니 행동과 목소리만으로 생각을 바꾸게 만들어야 했다. 그렇기에 연습실에 술이 없다는 걸알면서도 혹시나 싶어 물어본 것이었다. 그런데 단장이 당연하다는 듯 대답도 하지 않고 안쪽으로 들어갔다. 그러더니 한 손에 투명한 병을 들고 나타났다.

"맥주는 없고 소주는 있습니다."

"여기서 술 드세요?"

"아니요! 아니죠. 소품입니다."

연습실에서, 그것도 빌린 태권도장에서 술까지 먹었다면 실망이 컸을 것이다.

"지금 저 좀 주세요. 제가 이따가 사다 놓고 갈게요."

"여기서 술 드시면 안 되는데……. 여기 어린이들이 다니는 곳이라서요."

"네, 나가서 먹고 올게요."

갑자기 술을 먹는다는 말에 다들 의아하게 쳐다봤지만, 태진은 서둘러 보여 줄 생각에 급하게 소주병을 들고 밖으로 나왔다. 그러고는 곧바로 병뚜껑을 따고는 곧장 입에 넣었다. 빠르게 보여주고 싶은 마음에 벌컥벌컥 마셔 댔다.

"우욱!"

맥주보다 독할 거라고는 예상했는데 실제로 먹어 보니 완전 다른 맛이었다. 무슨 에탄올을 먹는 그런 느낌에 삼키기도 힘들었다. 그래도 끝내 뱉지 않고 입에 머금고 있던 소주까지 삼킨 태진은 자신도 모르게 소리를 내었다.

"크으으. 아, 써."

TV에서 병나발 부는 게 다 거짓말이라는 생각이 들 정도였다. 하지만 효과는 엄청 빠르게 나타났다. 마신 지 얼마 되지도 않았는데 두통이 살살 왔다. 태진은 남은 소주병을 보고 진저리를 친 뒤 다시 안으로 들어갔다. 그러자 다들 이상한 눈으로 자신을 쳐다봤다.

알콜중독자도 아니고 갑자기 술을 달래더니 그걸 나가서 먹고 오는데 이상하게 보는 건 당연했다. 그럼에도 태진은 목을 가다듬고 단우를 불렀다.

"저랑 한번 해 봐요."
"네?"
"방금 했던 연기들 저랑 해 보자고요."
"팀장님, 괜찮으세요?"
"괜찮아요. 빨리 제대로 해 봐요."

이제는 연기까지 한다는 말에 단원들은 무슨 상황인지 몰라 어깨를 으쓱거렸다. 그래서인지 단우가 머뭇거렸고, 태진은 두통이 있을 때 빨리 보여 줘야 된다는 생각에 단우를 재촉했다.

"빨리요."
"아, 네."

갑작스럽게 연기를 하게 된 단우는 태진을 살피랴, 단원들을 살펴라, 양쪽 눈치를 보느라 아까와 다른 연기를 펼쳤고, 이를 바로 알아차린 태진은 고개를 저었다.

"똑바로 해요. 똑바로. 아까 했던 대로."

단우가 지적을 당해서인지 단원들의 입꼬리가 올라가는 게 느껴졌다. 하지만 연기를 보고 나면 생각이 달라질 것이었기에 태진은 단우가 집중할 수 있도록 먼저 연기를 펼쳤다.

'임어준이 가장 좋겠지.'

여러 배우가 떠올랐지만, 태진이 고른 배우는 임어준이라는 배우였다. 주연과 조연을 오가며 연기를 하지만, 주연일 때보다 조연으로서 연기를 할 때 더 빛이 나는 배우였다. 신기하게 주연을 할 때는 따라 할 수 있었는데 조연을 할 때는 따라 하지 못했던 배우이기도 했다.

태진은 단우의 옆에 선 채 어깨를 들썩이거나 괜히 주변을 둘러보며 거들먹거렸다. 그렇게 같은 행동을 하고 있자 단우도 태진이 연기를 하고 있다는 걸 느꼈는지 점차 눈빛이 변했다. 그러고는 못마땅한 표정으로 태진을 쳐다봤다.

"야, 왜 이렇게 붙는 거야. 좀 떨어져."
"어? 아이, 왜 그래."

방금 전까지 거들먹거리던 태진은 몸을 살짝 움츠리며 대사를 뱉었고, 단우는 더욱 못마땅한 표정으로 대사를 뱉었다.

"좀 떨어지라고. 너 때문에 나까지 급이 떨어져 보이잖아. 어떻게 좀 안 되니?"

"아니, 이렇게 태어난 걸 내가 어떻게 할 수 없잖아. 나도 억울해."

"어우, 어우."

태진은 단우에게서 고개를 돌린 뒤 단우가 보이지 않는 시선에서 진저리가 난다는 듯 혀를 내밀며 고개를 저었다. 하지만 그것도 잠시 다시 주변을 힐끔거리더니 다시 처음에 했던 대로 거들먹거리는 모습으로 단우의 옆에 섰다. 그러고는 단우의 어깨를 툭툭 두드렸다.

"확실히 느낌이 더 좋네요."

"아, 정말 대단하세요."

"네?"

"진짜 제가 상상했던 그런 호흡이거든요. 어떻게 아셨어요? 제 머릿속에 있는 사람하고 연기한 거 같은 그런 기분이에요."

단우만 놀란 것이 아니었다. 짧은 신이었음에도 단원들은 서로 대화를 나누고 있었다.

"저게 맞지. 단우 덕으로 거들먹거리는 건데 화내는 건 좀 아니지."

"느낌이 어디서 되게 많이 들어 본 느낌인데. 되게 좋은데. 아니, 이렇게 태어난 걸. 이게 아닌데."

"톤이 그게 아니지. 느낌이 묘한데. 억울한 거 같기도 하고 비굴한 거 같기도 하고. 그러면서도 살짝 세 보이려는 그런 이상한 느낌인데."

"옆에 사람 지나가니까 센 척하는 거지."

"아! 마지막에? 사람 지나가서 다시 센 척했구나. 근데 단우 쟤도 꽤 괜찮은데?"

"그러게."

그 뒤로도 태진은 다른 장면까지 직접 연기를 보여 주었고, 그 연기를 볼 때마다 단원들은 뭔가를 깨달아 가고 있었다. 그렇게 한참이나 연기를 펼치던 태진은 이제 결국 한계에 다다랐다. 약하게 오던 두통이 이제는 점점 심해지고 있었다. 마음 같아서는 계속하고 싶었지만, 집중을 할 수가 없었기에 태진이 먼저 입을 열었다.

"여기까지 하죠."

그러자 단원들이 눈치를 보며 작게 박수를 보냈고, 태진은 그 박수 소리를 들으며 앞으로는 부디 제대로 된 연기를 해 주길 바랐다. 그때, 단장이 무척이나 환한 미소를 보이며 말했다.

"역시 괜히 팀장님이 아니시네요. 예전에도 수진이가 팀장님 칭찬을 그렇게 했는데 진짜 다르네요."

"제 칭찬을요?"

"그럼요. 배울 게 많은 분이라고. 원래는 H엔터에 계셨는데 팀장으로 스카웃 되셨다고 들었어요. 역시 다르시네요."

태진은 순간 어이가 없었다. 지금 단장이 말하는 사람은 자신이 아닌 4팀장 스미스였다. 아무래도 수잔이 팀을 옮긴 걸 모르는 모양이었다. 괜한 오해가 생기기 전에 제대로 알려 주려고 말을 하려 할 때, 단장이 한발 더 빨랐다.

"정말 많이 배웠습니다. 다들 다시 감사 인사 드리자."

"감사합니다!"

단장 때문에 두통이 더 심해지는 듯했다. 그때, 아까까지만 해도 못마땅해하던 단원 준성이 멋쩍은 듯 이마를 긁으며 앞으로 나섰다.

두통이 있는 와중에도 무슨 말을 하려고 하는지 궁금했기에 태진은 한 손으로 관자놀이를 누르며 쳐다봤다. 그러자 준성이 갑자기 고개를 숙였다.

"죄송합니다."

대뜸 사과를 했다. 태진은 자신이 사과를 받을 이유가 없기에 민망해하며 입을 다물고 있었고, 준성은 그 모습을 보며 오해했는지 서둘러 말을 이었다.

"다르게 연기하면 어떨까 생각하기도 했는데… 제가 잘하는 게 화내는 연기라서요. 그리고 그렇게 다를지는 몰랐어요."

준성의 사과와 함께 주변에 있던 단원들의 표정이 들어왔다. 아마 단원들에게 피해를 줄 수도 있다고 생각해서인지 자의 반, 타의 반으로 인정을 하는 듯 보였다. 그래도 인정을 하는 것 자체가 쉬운 게 아니었기에 태진은 가볍게 고개를 끄덕거렸다. 당장은 아니더라도 단우가 말했던 대로, 그리고 태진이 보여 준 연기를 조금이라도 반영할 것이었다.

"많이 배웠습니다. 기분 나쁘셨으면 다시 한번 사과드립니다."
"아니에요. 괜찮습니다."

뭘 이렇게까지 사과를 하는 건가 싶을 때, 단장이 준성의 어깨에 손을 올리며 웃었다.

"진짜 많이 배웠을 겁니다. 준성이가 유난히 표정연기에 신경을 많이 썼는데 팀장님 덕분에 달라질 거 같네요. 표정 없이도 대사 톤과 제스처를 통해 캐릭터를 표현하는 게 어렵긴 하지만 자기 눈으로 봤으니까 금방 이해할 것 같습니다. 그렇지?"

"네. 감사합니다."

"그렇게만 하면 멀리 있는 관객들도 표정 안 보고도 다 어떤 내용인지 느끼겠는데? 화 안 내도 되겠어. 그렇지?"

표정을 지을 수 없었기에 그런 연기를 한 것이었다. 표정을 지을 수 있다면 태진도 당연히 표정을 지었을 것이다. 표정만큼 감정을 보여 주는 데 좋은 건 없었다. 그런데 오해를 한 단원들은 저마다 느낀 것이 있다는 듯 고개를 끄덕거리고 있었다.

*　　　　*　　　　*

연습에 방해가 되는 것도 같고 두통도 점점 심해져 태진은 서둘러 태권도장을 나왔다.

"후우, 술 먹고 약 먹어도 되나."

소주의 여파가 이만저만이 아니었다. 술에 취해서인지 두통 때문인지 걸을 때마다 땅이 울리는 느낌이었다. 차에 도착한 태진은 한숨을 크게 뱉고는 그 앞에 쪼그려 앉았다.

"대리는 어떻게 부르는 거지."

대리운전을 불러 본 적이 없다 보니 인터넷에 대리운전 부르는 법을 검색하는 중이었다. 그때, 누군가 달려오는 소리가 들렸다.

고개 돌리기도 힘들었기에 태진은 그냥 휴대폰만 볼 때, 달려오는 사람의 목소리가 들렸다.

"팀장님!"
"어, 단우 씨. 뭐 하러 나오셨어요."
"배웅하고 오라고 해서 왔어요. 대리기사 부르셨어요?"
"아직이요. 술 먹고 운전해 본 적이 없어서 어떻게 불러야 되는지 찾아보고 있었어요."

권단우는 약간 놀라는 것도 잠시, 미소를 지으며 태진의 휴대폰을 가져갔다.

"제가 불러 드릴게요. 팀장님 댁이 어디세요?"

주소를 말한 태진은 신기하다는 듯 단우를 봤다.

"면허 없다고 하지 않았어요?"
"아, 전 없는데 가게에서 일할 때 가끔 대리 불러 달라고 하는 분들이 계시거든요."
"자기가 안 부르고요?"
"술 취하면 별의별 사람 다 있잖아요. 됐다. 근데 좀 외져서 여기 오는 데 10분 잡히네요."
"괜찮아요."

단우도 태진의 옆에 쪼그려 앉았다. 시간이 늦어서인지 지나가는 사람들도 없다 보니 뭔가 분위기가 어색했다. 단우도 어색했는지 말이 없던 와중 단우가 먼저 입을 열었다.

"저 정말 감사해요."
"음? 뭐가요?"
"저 때문에 여기까지 와 주셨잖아요."

사실 단우가 아니었다면 올 일도 없었다. 그렇다고 감사 인사를 받으려고 했다기보다는 소개해 준 사람으로서 책임을 다하고 싶다는 생각으로 온 것이었다. 그러던 중 단우의 행동이 떠올랐다.

"그런데 저기서는 연기 안 했어요?"
"연기요? 아……."

태진이 무슨 말을 하는지 이해했는지 단우는 멋쩍게 웃었다.

"바보 흉내 이제 그만하려고요… 팀장님이 저번에 그러셨잖아요. 마음에 맞는 사람 만나기 어렵다고요. 그런데 제가 바보 같은 모습으로 사람들하고 친해지더라도 정말로 친해진 건 아닐 거 같더라고요. 제가 흉내 내는 바보랑 친한 거지 저랑 친한 건 아니잖아요."
"그렇죠."

"그래서 그냥 제 원래 모습을 좋아해 주는 사람들 만나기를 기다려 보려고요. 팀장님이 말씀하신 대로 연기에 더 집중하는 게 나을 거 같아서요."

자신의 말로 인해 한 사람의 가치관이 바뀐다는 게 부담스럽기도 했지만, 태진이 느끼기에는 단우는 바보 연기를 하는 것보다 원래 모습을 보여 주는 게 더 좋을 거라 생각했다. 지금가지 느낀 단우의 원래 성격도 모난 구석도 없었고, 상당히 착한 느낌이었다.

태진은 그제야 고개를 돌려 단우를 쳐다봤다. 주황색 불빛이 비치는 가로등 밑에서 웃고 있는 모습을 보자 헛웃음이 나왔다.

"너무 잘생겼다."

자신도 모르게 입밖으로 감탄을 했다. 그러자 단우는 익숙한지 그저 가볍게 미소를 지을 뿐이었다. 그러던 중 단원들에게 했던 단우의 행동이 떠올랐다. 대놓고 물어보면 단우가 민망할 수도 있다는 생각에 태진은 돌려 질문을 했다.

"단원들하고 사이가 안 좋아요?"
"아."
"아까 보니까 단우 씨가 조언해 주면 싫어하는 거 같더라고요."
"당연하죠. 저 같아도 화나죠."

단우는 멋쩍은 미소를 지으며 말을 이었다.

"선배님들 연기 경력이 다들 10년은 되는데 까마득한 후배가 연기 조언하면 저 같아도 기분 나쁘죠."

"그런데 왜 그랬어요?"

"아… 두 가지 이유가 있는데요."

태진은 두통도 잊은 채 단우를 쳐다봤다. 똑똑한 단우라면 무슨 이유가 있었을 거란 생각은 했는데 두 가지나 있을 줄은 몰랐다.

"한 가지는 진짜로 그런 연기를 해 줬으면 좋을 거 같아서 그런 거고요. 다른 한 가지는… 너무 가족 같은 분위기라서요."

"그게 왜요?"

"다들 너무 잘해 주시더라고요. 제가 잘못 느꼈을 수도 있는데 제가 느끼기에 그게 연기에 반영이 되는 거 같았어요. 서로 친한 건 아는데 화내야 되는 부분도 느낌이 잘 안 살더라고요. 저한테도 너무 배려만 해 주시고 잘해 주시니까 연기하는 느낌이 안 들더라고요."

"그래서 일부러 그랬다는 거예요?"

"좀 그런 게 있죠. 예상보다 더 미워하는 거 같긴 한데 그래도 조금은 연기하는 느낌이 들더라고요. 다들 프로라서 그러신지."

연습하는 걸 봤던 태진은 프로라는 말에 동의하진 않았지만 입을 다물고 있었다. 저렇게까지 해서 단우가 얻는 게 무엇일까 하는 생각이 들었다. 그때, 단우가 결연한 표정으로 대답을 내놓았다.

　"제대로 된 시작을 하고 싶어서 그랬어요. 처음 하는 작품인데 실패하면 속상할 거 같았거든요. 만약에 제가 잘됐을 때 '첫 작품이 뭐예요?'라고 물어보면 자신 있게 얘기하고 싶거든요. 또 괜히 속이고 그러고 싶진 않아서."

　"벌써 거기까지 생각했어요?"

　"하하. 좀 이르죠? 아! 그래도 바보 흉내는 안 냈어요. 원래 제 모습을 보여 주면서… 조금 살을 붙인 정도."

　계획적인 단우의 모습에 태진은 가볍게 웃었다. 그러던 중 낮에 침울하던 단우의 목소리가 떠올랐다.

　"그래서 낮에 속상했어요?"

　"아, 낮에요. 선배님 때문에 속상한 게 아닌데. 그건 제가 처음부터 예상했던 일이라서요."

　"그럼요?"

　"제가 미안해서 그러죠."

　"뭐가요?"

　"극단 상황이 좀 안 좋은 거 같아서 제가 받은 돈이라도 돌려 드릴까 해서 단장님한테 연락했거든요."

"그걸 왜 돌려줘요."

"너무 어려우니까요. 지금 극장도 안 잡히고 있는데. 잡힐 때까지 일 안 하고 연습할 순 없잖아요. 그래서 조금이라도 도움을 드릴까 해서 연락을 했는데 단장님이 오히려 많이 못 줘서 미안하다고 그러더라고요. 그러니까 마음이 무거워서 팀장님한테 물어보려고 한 거였어요."

어떤 극단인지부터 알아보고 소개를 해 줬어야 했는데 처음부터 단우에게 시련을 안겨 준 것 같아 미안했다.

"아직도 극장 못 구했죠?"

"좀 너무하더라고요. 저도 잘은 모르는데 단기로 빌리면 오히려 더 비싸대요. 그리고 10회로 잡혀 있는데… 10회 공연이면 적자는 확실하다고 하더라고요."

"그래서 어떻게 하기로 했는데요."

"그래서 비슷한 상황의 극단들이랑 같이하면 어떨까 해서 알아보고 있는데 잘 안 되나 봐요."

"한 극장에서요?"

"네, 그럼 완전 장기는 아니더라도 두세 군데 모으면 두 달 정도는 될 거 같더라고요."

그렇게 된다면 확실히 부담해야 할 비용이 내려간다. 그것을 듣는 순간 태진은 여러 가지 생각이 뒤죽박죽 떠올랐다. 아직 정리가 안 됐지만, 잘하면 지금 지원 팀의 문제나 단우의 문제 모두

해결이 될 것 같았다. 빨리 집에가서 생각을 정리해야겠다고 생각할 때, 마침 저쪽에서 대리운전 기사가 오고 있었다.

＊　　　　＊　　　　＊

다음 날. 사무실로 출근한 태진은 달라진 사무실 환경에 이리저리 둘러봤다. 그러자 구석에 있던 김국현이 환하게 웃으며 설명했다.

"지원 팀 사무용품 신청한 거 온 겁니다! 팀장님 컴퓨터는 다 설치했고요. 전에 쓰시던 걸로 로그인하시면 돼요."
"벌써 다 된 거예요?"
"그럼요. 제가 경영 팀에 아는 사람이 좀 있어서 싸바싸바 좀 했거든요. 그리고 원래 빨리 줘야죠. 그래야지 일을 하는데."

역시 마당발다웠다. 마침 컴퓨터가 필요하던 참이었기에 태진은 서둘러 자리에 앉았다. 그러고는 집에서 간단하게 작업해 놓은 파일을 불러왔다. 그때, 국현이 슬금슬금 다가왔다.

"뭐 일 있으세요?"
"아! 아니요. 일을 만들려고요."
"일을 만든다고요?"
"이러고 있을 순 없잖아요."

김국현은 의아한 표정을 짓는 것도 잠시 의자를 끌고 와 태진의 옆에 다가왔다.

"제가 뭐 도와드릴 거 있을까요?"

"인수인계 다 하신 거예요?"

"그럼요. 저한테 스파이 짓 한다고 빨리 하고 가라고 해서 빨리 했죠. 뭐 궁금한 거 있으면 연락 오겠죠. 그나저나 이게 다 뭐예요? 몇 팀? 900만 원? 돈 버는 방법?"

간단하게 적어 둔 것들이라 국현이 알아보지 못하는 것이 당연했다.

"지원 팀이 회사 내부에서만 지원하는 게 아니라 외부도 지원하면 어떨까 해서요."

"제가 저번에 말한 거!"

"네. 맞아요."

"그런데 이게 뭔데요?"

"극단들을 지원하면 어떨까 해서요."

"에이… 그건 좀 그런데요. 그러다가 적자 보는 경우가 얼마나 많은데요. 괜히 연극계들이 힘든 게 아닌데. 이미 인기 있거나 인증된 극단은 벌써 투자자들 붙어 있어요."

"그런 유명한 곳들 말고요. 좀 어려운 곳들? 그런 극단을 발굴하자는 취지에서 하는 거죠."

국현은 마음에 들지 않는지 턱을 매만지며 말했다.

"취지는 좋은데 저희 지금 회사인 거 아시죠? 회사의 목표는
이익 창출인데 이건 보나마자 돈만 쏟아붓고 회수하지도 못할 플
랜인데요."

"그러니까 돈 버는 방법을 찾는 거예요."

"연극이 재미있으면 돈이 들어오겠죠."

"투자를 많이 하기는 힘드니까 MfB에서 장소만 제공하면요?
나머지 부가 비용은 각자 극단에 부담하는 걸로 해도 어려울까
요?"

"그건 음. 스흡. 회사에서 해 줄까요? 별로 이득 볼 것도 없을
것 같은데. 연극계 살린다는 이미지를 얻을 순 있겠네. 그건 좋
은데 그래도 그럼 우리 극장을 장기로 계약해야 되는데 그 돈
도 좀 쎌 텐데. 어느 정도 회수는 돼야 우리도 할 말 있을 거고
요."

태진도 고민하던 부분이었다. 회사이다 보니 이익을 봐야 했
다. 최소한의 보장이라도 있어야 했는데 그런 것이 전혀 없었다.
태진이 약간 답답함을 느낄 때, 사무실을 두드리는 소리가 들렸
다. 다른 부서였다면 파티션으로 나뉘어져 누군지 바로 보였을 텐
데 지원 팀 사무실은 그렇지 않았다. 태진은 문을 쳐다보며 고개
를 갸웃거렸다. 올 사람이라고는 수잔 말고 없었는데 수잔이 노
크를 하고 들어올 리가 없었다.

"네."

태진이 대답과 동시에 사무실 문이 열리며 익숙한 얼굴들이
들어왔다.

제5장

—

프로젝트

　지원 팀까지 찾아온 사람들은 다름 아닌 라이브 액팅의 참가
자들이었다. 아직까지 살아남은 정만을 포함한 세 명이 조심스럽
게 얼굴을 내밀었고, 태진을 보자마자 걱정이 가득한 표정으로
말했다.

　"형… 괜찮으세요?"
　"팀장님 안색 봐… 진짜였나 봐."
　"진짜 그러네. 그렇게 맨날 무리하시더니……."

　갑자기 저런 말을 하는 상황을 이해할 수는 없었지만, 지금 자
신의 몰골이 말이 아니라는 건 태진도 알고 있었다. 술 먹고 약
을 먹으면 안 될 거란 생각에 밤새 두통과 싸우느라 잠을 제대로

못 잔 상태였다. 태진은 가볍게 얼굴을 훑고는 들어오라고 손짓했다.

"어쩐 일들이에요? 촬영은 어제 끝났을 거고. 연습 안 해요?"
"저희 걱정보다 형 몸 관리부터 하세요. 쉬지도 않고 맨날 저희한테만 붙어 있으니까 그러죠."
"내가 뭐요?"
"저희 다 들었어요."

누구한테 뭘 들었다는 건지 알 수가 없었다. 태진은 국현이라면 알지 않을까 하는 생각에 국현을 봤지만, 국현도 모르는 눈치였다. 하긴 자신과 마찬가지로 왕따를 당하는 중이니 알 리가 없었다. 그때, 정만이 걱정이 가득한 표정으로 말했다.

"곽이정 팀장님이 다 말씀해 주셨어요. 그것도 모르고 계속 형 안 오냐고 찾았는데… 말씀해 주시지."

곽이정의 이름을 듣는 순간부터 뭔가 찜찜했다. 아나나 다를까 정만의 입에서 태진의 기분을 상하게 하는 말이 나왔다.

"형 진짜 그렇게 아프셨는지 몰랐어요. 기적이라면서요."
"뭘요?"
"다 들었어요. 형 어렸을 때 사고로 하반신마비였다면서요. 그래서 최근에 무리해서 다시 힘들다고 그러시던데요."

"곽이정 팀장님이 그래요?"

"네, 그래서 팀장님이 형 쉬라고 일부러 뺐다고 그러시더라고요. 그러니까 형 걱정 안 하게 더 열심히 하라고 하셨어요."

"아……."

곽이정에 대해 알고 있는 태진과 국현은 기가 차서 아무 말도 하질 못했다. 태진의 면접을 곽이정이 봤기에 누구보다 잘 알고 있었을 것이다. 태진이 얼마나 힘들게 오랜 시간 재활치료를 거쳐 걷게 된 것인지 알고 있을 텐데 그걸 이렇게 이용할 줄은 몰랐다.

참가자들이 찾으니까 아무렇게나 핑계를 댄 건 분명 아닐 것이다. 곽이정이라면 처음부터 이렇게 되리라 계획한 상태였을 확률이 높았다. 그러다 보니 얼마 전 참가자들의 거짓 사고도 태진의 심기를 흔들기 위해 일부러 그런 건 아닐까 하는 생각이 들었다. 태진은 순간 화가 치밀어 올랐지만, 아무것도 모른 채 걱정하는 참가자들이 있기에 내색하지 않았다.

"저 괜찮아요. 멀쩡해요."

"그런데 안색이 너무 안 좋아서……."

정만은 말을 하다 말고 다른 참가자들을 쳐다봤다. 그러고는 갑자기 밑에서 무언가를 꺼냈다.

"종합비타민인데 하루에 한 알만 드시면 된대요."

"이걸 왜 나 주는 거예요?"

"그동안 너무 신경 써 주셨는데 드릴 게 없어서. 별거 아니지만 받아 주세요."

곽이정이 낸 거짓 소문 때문에 예정에도 없던 선물을 받게 생겼다. 태진은 강제로 넘겨받은 쇼핑백을 가만히 쳐다봤고, 그 모습을 본 참가자들 중 희애가 웃으며 말했다.

"우리 정만이가 돈 잘 벌더라고요. 그러니까 부담 갖지 마세요."
"돈을 벌어요? 뭘로요? 라액 참가 기간 동안은 다른 거 하면 안 돼요."

정만은 머쓱한지 뒤통수를 쓰다듬으며 말했다.

"혹시나 해서 제작진에 물어봤는데 촬영 전에 했던 거라서 문제는 없다고 했어요."
"뭐 했는데요?"
"형도 아시잖아요. 예천 최씨."
"아! Y튜브."
"사람들이 많이 봐 줘서요."

그때, 또 희애가 정만을 대신해 자랑하려 나섰다.

"정만이 제일 낮은 조회수도 300만이 넘더라고요. 정만이가 순

딩해 보여도 완전 여우예요."

"아니에요. 저 이렇게 될 줄 몰랐죠. 혹시나 해서 한 거죠. 그리고 그거 예전에 했던 거예요."

순간 태진의 머릿속에 아이디어가 스쳐 지나갔다.

"얼마나 벌었어요?"

"좀 많이 벌더라고요."

"그래서 얼만데요?"

"저번 달에는 300만 원 좀 넘었는데 이번 달은 2,000만 원 조금 넘어요. 아직 찾진 않았어요."

정만의 말이 끝남과 동시에 국현이 가장 빨리 반응을 보였다.

"이천? 이이처언? 와, 배우 안 해도 되겠는데? 와… 내가 봤던 그 채널 맞아요? 연기 연습하는 거?"

"네, 맞아요."

"와. 이러니까 일단 유명해지라고 하는 거야! 와."

"아주 잠깐일 거예요. 지금은 궁금하니까 보시는데 금방 시들해지겠죠. 새로 올리는 영상도 없어서요."

태진은 같은 생각에 고개를 끄덕거렸다. 제대로 된 콘텐츠가 없으면 아무리 정만이라도 금방 시들 것이었다. 그래도 당장 큰돈을 벌었다면 들떠 있을 텐데 그렇지 않은 정만의 모습을 보자 안심이 되었다.

그 뒤로 참가자들은 촬영장에서 연기했던 얘기들을 하고 나서야 자리에서 일어났다.

"형, 몸 관리 잘하세요. 저도 형이 걱정 안 하게 열심히 할게요."

아마 곽이정이 원하는 그림이 이거 같았다. 자신을 팔아서 참가자들의 사기를 돋우고, 그 공은 자신이 가져가는 그런 그림. 그렇다고 열심히 하지 말라고 할 수는 없었기에 태진은 응원을 해 주며 참가자들을 보냈다.

참가자들이 전부 돌아가자 국현이 곧바로 태진의 옆에 앉았다.

"기념일 때 단체 잠바는 받아 봤는데 아무 날도 아닌데 이런 거 선물하는 건 처음 봤는데요?"

"휴우."

"그런데 곽이정 미쳤나 봐요. 멀쩡한 사람을 하반신마비였다고 그러고. 아니, 하반신마비인 사람이 이렇게 멀쩡한 게 말이 되냐고요. 아무리 눈 밖에 났다고 어떻게 사람이 그딴 소리를 하는지. 지금 선우철거 있죠? 거기 이제 홈페이지도 닫아 버렸어요. 어휴. 아주 그냥 지만 잘나가면 되니까 막 나가요. 소시오패스도 아니고."

"저 하반신마비였던 거 맞아요."

"그러니까요. 네?"

"진짜예요. 그런데 지금은 괜찮아요. 안 좋다고 한 적도 없고요. 보시다시피 멀쩡해요."

"팀장님 안색은… 아닌데요? 억지로 괜찮은 척하시는 거 아니죠?"

"아니에요. 그런데 선우철거는 무슨 소리예요?"

"그냥 찜찜해서 찾아봤는데 홈페이지 닫아 버렸더라고요. 욕을 얼마나 먹었는지 빤히 보이죠. 그런데 선우철거보다 팀장님이 더 걱정되는데요. 어제만 해도 괜찮았는데 오늘은 퀭해 보이시는데."

태진은 다시 마른세수를 했다. 지금 국현처럼 모르는 사람이 대부분이었을 텐데 이제는 회사 사람들 모두가 알고 있을 것이다. 말도 안 되는 상황이기는 했지만, 어차피 숨기려던 것은 아니었다. 지금은 그보다 정만의 얘기에서 힌트를 얻은 걸 확인하고 싶었다.

"저 진짜 괜찮아요. 그보다 우리 회사 Y튜브 운영하잖아요."

"있긴 한데 우리가 운영하는 건 아니에요. 대부분 콘텐츠는 미국 본사에서 하고 있고 우리는 MfB코리아라고 채널만 있죠. 나중이라면 몰라도 지금은 소속 연예인이 채이주 씨밖에 없으니까 할 게 없죠. 그런데 왜요? 팀장님도 Y튜브 하시게요?"

"저 말고요."

"그럼요?"

태진은 잠시 생각을 정리하려는 듯 한숨을 크게 뱉었다.

"연극을 올리면 어떨까요?"

"아까 말씀하신 거요? 음, 아까도 말씀드렸듯이 재미가 있어야……."

"재미가 없어도 억지로라도 보게 만드는 거죠."

"재미가 없는데 어떻게 억지로 봐요."

"경쟁을 시키는 거죠."

국현은 불안해하는 표정으로 태진을 쳐다봤고, 태진은 아랑곳하지 않고 말을 이었다.

"그러니까, 극장 구하기 어려워하는 극단들 많다면서요. 그런 극단들을 모아서 우리가 극장을 대여해 주는 거죠. 대신 다른 부대 비용은 지원하지 않고 오로지 연극할 장소만 제공하는 거예요. 그리고 그 연극 이후엔 Y튜브로도 공개를 하고 Y튜브를 통해 얻는 수익금은 우리가 갖는 거죠."

"에이, 그럼 누가 해요."

"관객으로 벌어들인 수익은 극단이 가져가고요. 장소만 제공해도 극단에서는 그 비용을 아낄 수 있잖아요. 좀 그렇긴 한데 어차피 망하는 연극들도 있을 거 같거든요. 국현 씨가 말한 대로 관객이 안 들어올 수도 있는데 그럴 바엔 극장 대여비 아껴서 조금이라도 남기는 게 좋지 않을까요?"

"스읍… 음, 그렇다고 해도 사람들이 볼까요? 요즘 사람들 눈

높은데."

"그러니까 처음부터 많이는 힘들고 네다섯 팀 정도로 해서 사람들로부터 평점을 가장 낮게 받은 팀은 빠지고 새로운 팀이 들어오고. 예능에서도 그렇고 지금 우리가 하고 있는 라액도 그렇고, 오디션 같은 프로그램이 은근히 매니아가 생기잖아요. 정만 씨 팬들도 그렇고."

"그렇긴 하죠."

국현은 솔깃해하면서도 아직까지 불안한지 연신 입맛을 다셨다.

"그렇게 되면 살아남으려고 연극의 질도 높아지지 않을까요?"

"그럴 순 있겠네요. 오, 그건 맞네."

"질이 높아질수록 보는 사람도 많아질 거고. Y튜브에서 보고 나서 직접 보고 싶어서 극장에 찾아가는 사람도 있을 거고!"

"그럴 수도 있긴 하네요."

급하게 떠오른 아이디어기에 구멍이 숭숭 뚫려 있기는 하지만, 국현의 반응은 너무 회의적이었다. 그러다 보니 태진도 자신이 잘못 생각한 건가 싶을 때 국현이 말을 이었다.

"그렇게 하는 건 좋은데 문제가 있죠. 팀장님이 말한 대로 하려면 한 극단 끝나면 또 한 극단의 연극이 올라와야 되잖아요. 경쟁이다 보니까 팀을 길게 하는 건 아닌 거 같아요. 그렇죠? 최소한 두 개는 동시에 올라와야 비교가 되는데."

"그렇죠."

"그럼 아무리 영상을 빨리 올린다고 하더라도 한 극단은 영상으로 인해 관객이 올 수가 없죠. 막 내리고 나서야 영상이 올라갈 텐데. 공평하게 하려면 모든 연극이 끝난 다음에 영상을 올리는 것밖에 없죠. 우리야 상관없지만, 극단들이 좋아할 리가 없을 거 같은데."

"계속 번갈아 가면서 하는 건 어려울까요?"

"어렵죠. 다들 연출가들이 다를 텐데. 아니지, 연출이 따로 있을 정도면 극장도 있겠지. 보통 그런 극단들 보면 단장이 연출을 하겠네요. 근데 그게 문제가 아니라 조명 기사들이나 그 외 스태프들을 보통 기간을 잡아서 계약하거든요?"

"아, 스태프들도 있구나.'

"근데 그게 단타는 비싸요. 자기네들이 하기도 하는데 아닌 곳도 있을 거란 말이에요. 그런데 번갈아 가면서 해 버리면 그 기간이 늘어날 테니까 그만큼 돈이 더 나갈 거고요. 그리고 세트 제작도 그래요. 어떤 극장이냐에 따라 다르겠지만, 설치하고 철수하고 그걸 계속 반복할 순 없잖아요."

"미리 만들어서 보관하면 되는 거 아니에요? 극장에 보관하는 곳 없어요?"

어렵다고 고개를 절레절레 젓던 국현은 태진의 말에 눈을 껌뻑거렸다.

"그러네요?"

"그래도 자잘한 설치 같은 게 문제긴 하겠네요. 그런 걸 하려면 설치하는 사람이 계속 상주를 해야 되는데… 아, 설치 팀하고 조명 기사를 아예 극장에 상주시켜서 모든 극단이 같은 스태프의 도움을 받는 것도 좋겠는데요."

"봐요. 그것도 우리가 돈 내게 되면 투자금이 점점 늘어난다니까요. 이제 설치 팀이 있으면 철거 팀도 따로 둬야 되고, 조명 기사 두면 음향 기사도 따로 둬야 되고. 이제 이러다가 촬영 기사까지 구하게 되는 거예요. 극장 대여비보다 돈 더 나가겠는데요? 배보다 배꼽이 더 크겠네."

"될 거 같은데."

계속 긍정적인 태진의 모습에 국현은 입맛을 다시며 말했다.

"가만 보면 팀장님 굉장히 긍정적이세요. 보통 겁부터 내는데 안 된다고 하는 걸 못 봤네."

"안 해 보면 모르잖아요."

태진은 입술을 씰룩거리며 웃었다. 자신만 하더라도 아무것도 하지 않았더라면 다시 걸을 수 없었을 것이었다.

"그런데 다 된다고 하더라도 문제는 이 정도 규모면 다른 팀들한테도 기획에 대해서 알리고 찬성을 받아야 되는데… 스읍, 곽이정이, 그 소시오패스가 찬성을 할까요?"

곽이정을 생각 못 한 태진은 순간 자신도 모르게 한숨이 나왔다.

*　　　*　　　*

MfB의 1팀은 회의실에 모여 라이브 액팅의 미션 촬영의 편집본을 점검 중이었다. 1팀의 중심에는 당연히 곽이정이 있다 보니 다들 만족해하면서도 곽이정의 눈치를 살폈다. 어느덧 편집본이 끝났고, 곽이정은 고개를 크게 끄덕거렸다.

"좋네요. 확실히 정만 씨가 가장 잘 보이네요."
"네! 그렇게 보입니다."
"그런데 문제가 좀 있네."

최근 곽이정의 심기가 불편했기에 다들 긴장한 채 서로의 눈치를 봤다. 다들 거슬리지 않도록 곽이정이 손가락으로 탁자를 두드리는 소리에 호흡까지 맞출 정도였다. 그때, 곽이정이 고개를 갸웃거리며 말했다.

"칼롯타 맡은 희애 씨하고 정만 씨는 걱정이 없겠어요. 문제는 윤중 씨인데."
"저희가 보기에도 윤중 씨 연기가 좀 부족해 보이더라고요. 윤중 씨 신만 재촬영을 요구해 볼까요?"

"저 정도면 연기는 볼만하죠. 그런데 중간에 촬영했던 장면들이 좀 날아갔는데요?"

"아! 흐름이 조금 늘어져서 몇 씬을 덜어 내서 그런가 봅니다."

"그거 다시 조금이라도 넣게 해 봐요. 얼굴을 한 번이라도 더 비춰야 합격할 확률이 높아지죠."

"플레이스에서는 만족했다고 하던데……."

"우리가 플레이스는 아니잖습니까? 이번에 탈락자가 3명이라고 해서 우리 쪽에서 떨어질 사람이 있을 필요가 있습니까? 그렇게 생각하고 있는 거 자체로 참가자들한테 미안해해야 하는 겁니다."

말은 참가자들을 위하고 있지만, 속내는 다르다는 걸 모두가 알고 있었다. 이전처럼 참가자 수에 밀려 주도권을 놓치는 일을 다시는 겪지 않으려고 하는 것이었다. 참가자들은 합격을 하는 게 목표이기에 저런 곽이정의 화술에 이미 넘어가 있었다.

"윤중 씨한테 조금 더 신경 써 주세요. 그럼 최종본 나오면 다시 얘기하죠."

회의를 마친 곽이정이 서류를 챙기려 할 때, 태블릿 PC에 메신저가 도착했다는 알림음이 울렸다. 메시지가 아니라 자물쇠로 잠겨 있는 글이었고, 그 글은 팀장들만 볼 수 있었기에 뭔가 중요한 건이라는 생각이 들어 다시 자리에 앉았다. 그때, 게시글을 올린 부서의 이름이 보였다.

'지원 팀?'

지원 팀에서 올라온 글은 처음이었다. 이렇게 올릴 수 있는 권한은 팀장밖에 없을 테니 아마 한태진일 것이었다. 곽이정은 글과 함께 올려놓은 첨부파일을 클릭했다.

'후후. 급한가 보네.'

첨부파일은 프로젝트 제안서였다. 중간까지만 읽었을 뿐인데도 웃음이 나왔다. 아무것도 안 하고 있다 보니 초조해하고 있다는 것이 느껴졌다. 게다가 인기도 없는 연극이라니 성공할 확률도 없을 것 같은 그런 내용이었다. 이렇게 진행하게 내버려 둬도 상관이 없어 보일 정도였다. 하지만 이런 조그만 것조차 허락하고 싶은 생각이 없었던 곽이정은 입꼬리를 올리며 다시 짐을 챙겼다.

*　　　　*　　　　*

팀장들에게 답장을 받은 태진은 평소의 표정으로 모니터를 바라봤다.

"팀장님, 너무 상심하지 마세요. 제가 좀 힘들 거라고 말했잖아요."

하지만 태진은 상심하기보다는 어떤 부분이 부족했는지 생각하는 중이었다. 곽이정이 반대할 거라는 건 예상했지만, 다른 팀장들의 의견에는 약간 기대를 했었다. 하지만 2, 3팀을 포함해 어느 정도 기대하고 있던 4팀 스미스까지 반대를 했다. 팀장들이 반대하는 내용은 비슷했다. 사업성이 없는 기획이라는 점을 강조하며 그런 프로젝트에 인력을 투자할 여력이 없다는 내용이었다.

'돈도 문제인데 다른 것도 문제였네.'

Y튜브의 수익을 극단에게 나누는 게 아니라 MfB에서 가져간다면 적자는 안 볼 거라 생각했는데 확실히 성공한다는 보장이 없다는 이유로 반대를 했다. 그리고 가장 큰 이유는 에이전트 부서에서 맡을 일이 아니라는 점이었다. 연극배우를 캐스팅하기 위해 판을 벌여 준다는 것 자체가 말이 안 된다는 내용이었다. 팀장들답게 정곡을 찌른 답변이었다.

그때, 사무실 문이 열리며 수잔이 들어왔다. 수잔은 인사도 하지 않고 약간 화가 난 듯한 표정으로 태진에게 걸어왔다.

"아니, 사람이 그렇게 무책임하면 어떻게 해요!"

"네?"

"아프다면서요! 나한테 전에 말했던 거 그거예요? 그게 다시 아픈 거예요?"

"누가 그래요?"

"누가 그러기는! 인수인계하고 있는데 스미스 팀장님이 따로 불러내서 얘기해 주던데! 그런 사람이 무슨 또 일을 벌이겠다고! 완전 심각하다면서요!"

어제 기획안을 작성할 때 늦게 합류하긴 했지만, 함께 있었기에 수잔도 내용을 알고 있었다. 그리고 아프다는 게 헛소문이라는 것도 얘기를 했는데 오늘 또 저런 말을 할 줄은 몰랐다. 어디서 무슨 얘기를 듣고 왔길래 저러는지 태진은 의아한 눈빛으로 수잔을 쳐다봤다.

"1팀장님이 직접 찾아다니면서 얘기했다던데! 지원 팀에 지원 요청 하고 싶은데 우리 한태진 팀장님 건강 문제로 그럴 수가 없다고! 다른 팀에 지원 요청 했다던데요!"
"네?"

잠깐 소문을 내고 끝일 거라고 생각했는데 그 소문을 더 크게 내고 있었다. 태진은 혹시나 곽이정의 입김 때문에 프로젝트에 반대를 한 건 아닐까 하는 생각에 급하게 수잔에게 물었다.

"내용은 어떻다고 하세요?"
"그게 중요해요?"
"저 정말 괜찮아요. 그 어느 때보다 더 건강해요."
"진짜요? 그럼 그런 얘기는 왜 나와요?"
"후. 안 되겠네. 그 소문은 금방 해결할 수 있으니까 걱정 마시고 스미스 팀장님은 기획안 뭐라고 하세요?"

수잔은 여전히 의심쩍다는 표정으로 태진의 질문에 답했다.

"기획안 자체는 좋은데 부족한 부분이 좀 보인다고 그러셨어요. 문제는 우리 에이전트 부서가 할 일은 아니라는 거죠. 만약에 하더라도 다른 부서에서 진행을 하고 우리는 배우만 쏙쏙 빼오는 걸 해야 하는 거라고 하셨어요."

"아, 네."

"그리고 투자할 금액이 적은 건 좋은데 저작권 문제를 정확히 하고 넘어가야 하니 그것만 잘 해결하면 큰 성공은 못 해도 본전은 뽑을 거 같다고 하더라고요. 다만 문제는 투자 금액이 적으니까 본전도 얼마 안 된다고. 그거 할 바에는 다른 데에서 버는 게 나을 거라고."

"음."

"그래도 회사 이미지는 좋아질 거 같다고 하셨어요. 문제는 우리 회사에 이 기획안을 진행할 부서가 없다는 게 가장 크대요. 사실 그렇잖아요. 우리 회사가 에이전트로 유명하지 콘텐츠를 진행하고 기획하고 그런 건 아니잖아요."

답변을 받은 내용에 비해 조금 더 자세할 뿐 방향 자체가 크게 다르진 않았다. 그러다 보니 태진도 너무 쉽게 생각했다는 사실을 인정할 수밖에 없었다. 아직 회사 일에 대해 무지한 느낌이었다. 그때, 수잔이 뭔가 떠올랐다는 듯 손가락을 튕기며 말했다.

"그리고 만약에 이걸 한다고 하면 라액처럼 담당자가 있으면 재미있을 거 같다고는 하셨어요."

"라액처럼요?"

"누가 어떤 극단을 맡아서 응원한다는 그런 거죠. 그런데 우리 회사는 채이주 씨뿐이니까. 나나 국현 씨가 응원한다고 사람들이 알아줄 리가 없잖아요."

듣고 보니 스미스의 의견도 일리가 있었다. 좀 유명하진 않더라도 어느 정도 알려진 사람들이 극단을 응원하면 사람들도 더 관심을 보일 것이었다. 문제는 MfB에는 그럴 인력이 없었다. 그때, 방금 말했던 내용을 할 수 있는 곳이 떠올랐다. 태진은 갑자기 고개를 돌린 뒤 국현과 수정을 봤다.

"우리 기획안 다른 곳에 넘겨도 돼요?"

"매니저 팀이나 경영 팀에 넘겨도 소용없어요. 지금 팀장님들 심사가 1차나 다름없어서 그거 통과해야지 정식으로 논의가 되는 건데 말해도 팀장 회의 해결하고 오라고 하겠죠."

"아니요. 우리 회사 말고 다른 회사."

"다른 회사요?"

그때, 국현이 약간 불안한 표정을 짓더니 입을 열었다.

"상관없을걸요. 보류라면 모를까 전부 반대해서 무산된 거나 다름없을 거예요."

"그래요?"

"어디하고 뭘 어떻게 하시려고요……?"

"아, 플레이스면 좋을 거 같아서요. 플레이스에는 극장도 있고 무엇보다 배우들도 엄청 많잖아요."

"그렇긴 하죠… 그런데 플레이스가 한대요?"

태진은 순간 움찔거렸다.

"조건이 맞으면 하지 않을까요?"

"저 지금 다 봤는데요. 흠칫 놀라는 거. 얼굴만 아닌 척하고 있으면 다가 아니잖아요."

"일단 물어봐야죠."

"뭘 어떻게 물어봐요?"

그때, 수잔도 국현과 같은 표정으로 입을 열었다.

"어떻게 물어보는 게 중요한 게 아니잖아요. 이걸 다 넘기면 우리는요?"

"잘되면 배 아플까 걱정인 거예요?"

"그게 아니죠! 사람을 뭐로 보고! 이거 다 넘기면 우리는 뭐 해요."

"어차피 지금하고 똑같아질 텐데. 이거 가지고 있어도 못 하잖아요. 그리고 이거 기획안 보여 주면서 우리한테 요청하라고 하면 되지 않을까요? 우리가 극단 알아봐 주고 스태프들도 알아봐 주고. 우릴 딱 지목해서 해 달라고 하면 일이 생기잖아요. 국현 씨가 말했던 것처럼 외부 지원."

수잔은 솔깃하면서도 걱정이 되는 표정이었다.

"근데 지목한다고 그게 우리한테 온대요? 괜히 남 좋은 일만 시키는 거 아니에요?"
"그거 돼요."
"뭐가요."
"지목이요."
"무슨 말이에요. 그거 부서에 내려오면 그에 맞게 분배되는데. 연극이면 2팀에서 맡을 거 같은데."

태진은 입술을 씰룩거리며 입을 열었다.

"예전에 라온도 저 지목해서 일했었어요. 다즐링하고 그렇게 일한 거예요."

수잔과 국현은 헛웃음을 뱉고는 서로를 쳐다봤다. 태진의 말처럼 되는 게 쉽진 않겠지만, 된다면 할 일이 생기게 된다. 만약 이번 일을 맡게 된다면 내부 지원은 못 하더라도 외부 지원이라는 창구가 열릴 것이었다. 약간 변한 두 사람의 반응에 기운을 얻은 태진은 서둘러 입을 열었다.

"그러니까 콘텐츠는 플레이스에서 건드리지 않고 바로 시작할 수 있을 정도로 만들고, 그 외적인 걸 우리가 캐스팅해 주면 될 거 같은데요. 그럼 플레이스는 장소도 있고, 인원도 있고. 그런 거 할 부서가 있나."

"있어요. 플레이스에 콘텐츠 제작 팀 있어요."

"봐요. 거기는 부서도 있네. 그럼 시작만 하면 되게 다 준비해 주면 솔깃하지 않을까요? 그럼 우리 팀장님들이 말한 것처럼 시간 낭비도 아니잖아요."

"그렇긴 하네요."

"그리고 만약에 한다고 해도 손해는 아니니까요. 하면 좋고 아니면 못 하는 거잖아요."

"그렇게 되면 연극 판에 있는 배우들이 기운 좀 얻을 거 같긴 한데… 에고."

수잔은 거의 넘어온 듯 보였고, 국현은 무언가를 생각하는지 계속 입맛을 다셨다. 태진이 그런 국현을 기다릴 때, 국현이 항상 하던 버릇처럼 공기를 들이마시는 소리를 냈다.

"스읍, 음. 그럼 일단 먼저 해야 될 게 있을 거 같아요."

"뭐요?"

"팀장님들한테 다시 제안하는 거죠. 직접 찾아가서."

"이미 반대했잖아요."

"그러니까 제 말은 증인 만들기를 하자는 거죠."

국현은 뭐가 급한지 기획안을 프린트하며 말을 이었다.

"사람들 보는 곳에서 기획안 주고 반대한다는 걸 듣는 거죠."

"그걸 왜 해요……? 달라질 거 같진 않은데."

"해야죠. 이거 우리 회사에서 못 하더라도 마음대로 넘길 순 없잖아요. 분명히 문제가 생기거든요."

"아, 그래요?"

"당연하죠! 우리가 사장도 아닌데 마음대로 어떻게 해요. 마음대로 할 거면 사장 해야죠. 그런 거 있잖아요. 내가 갖긴 싫지만 남 주기는 아까운! 그래도 팀장들이 반대하는 거 확실하고 우리가 이걸 플레이스에 넘기는 돌출구까지 만들어 놓으면 경영 팀에서도 알아서 해 줄 거예요. 그리고 경영 팀에서 맡는 게 우리한테는 더 좋아요. 만약에 플레이스에서 아이디어만 쏙 가져가 버리면 얼마나 배아파요. 경영 팀에서 맡으면 그럴 일은 없으니까 걱정은 덜잖아요."

"그럼 우리가 이 일을 맡을 수 있어요?"

"그건 걱정 마세요. 제가 경영 팀에 아는 분이 많으니까! 그런데 우리가 맡더라도 만약에 증인이 없으면 문제가 생겨요. 만약에 이거 기획안 잘되죠? 그럼 우리가 죄다 뒤집어쓰거든요."

"아, 그래서 증인 만들기!"

"빤히 보이는데 당연히 해야죠. 잘못하면 위에서 왜 이런 기획안을 우리가 진행 안 하고 다른 곳에 넘겼냐 할 테고 그럼 또 팀장들은 변명하면서 발뺌하고 그럴 텐데 그걸 예방해야죠."

"아!"

"그리고 팀장님들한테 좀 사정해야 되니까 제가 가는 게 좋을 거 같아요. 팀장님이 가면 그림도 좀 그렇고. 제가 다른 팀장님들하고 친분도 있고 하니까."

국현은 대화하는 사이에 나온 기획안을 정리했고, 태진은 그런 국현의 모습을 보며 고개를 끄덕거렸다. 자신이 생각하지 못한 부분까지 챙기는 모습을 보자 굉장히 든든한 모습이었다. 그런 태진의 시선을 느꼈는지 국현이 잠시 멈칫하더니 말했다.

"마음에 안 드세요? 하지 말까요?"

태진은 눈을 동그랗게 뜨고는 직접 일어났다.

"잠시만요. 경영 팀이랑 매니저 팀에 줄 거까지 뽑아 가세요."

*　　　　　*　　　　　*

지원 팀의 사무실에 있는 수잔과 국현은 약간 걱정된 표정이었다.

"왜 안 오지? 올 때 됐지 않아요? 국현 씨 경영 팀에 아는 분 있다고 했죠."
"연락을 지금 어떻게 해요."
"왜 못 해요? 그냥 우리 팀장님 대화 잘하고 계신가 물어보면 되잖아요."

"에이, 지금 둘이 대화하고 있을 건데 제가 전화 거는 게 더 이상하죠."

"어? 경영 팀에 아는 분이 경영 팀장님이셨어요?"

"그럼요."

수잔은 어이없다는 표정으로 국현을 쳐다봤다. 그러자 국현이 익살스러운 미소를 지으며 말했다.

"기왕 부탁할 거면 힘 있는 사람한테 해야죠. 그나저나 큰 문제 없을 거라고 했는데."

"혹시 또 팀장들이 훼방 놓는 거 아니에요?"

"그럴 리가 없죠. 이미 아주 대놓고 반대한다고 했는데 뭐 하러 또 훼방을 놔요. 수잔은 못 들었어요?"

"아! 들었죠. 팀들 찾아가서 사정사정했다고."

"내가 그렇게 노력을 했는데 그래도 약간의 성과라도 있긴 해야 되는데."

경영 팀에 기획안을 넘겼고, 경영 팀에서도 처음에는 반대를 했지만, 국현의 계속된 설득에 일단 제안을 해 보겠다는 답변을 들었다. MfB 입장에서도 돈이 들어오는 일이 아니다 보니 반대를 고집할 수도 있었다. 그렇기에 그냥 제안을 해 준 것만 하더라도 고마웠는데 오늘 답변까지 받았다는 연락을 받았다. 그리고 지금은 답변을 들으러 간 태진을 기다리는 것이었다. 그때, 사무실 문이 열리며 태진이 들어왔다.

"어……? 잘 안 됐나? 수잔 씨가 물어봐요."
"에이, 잘됐고만!"
"지금 똥 씹은 표정 하고 있는데 뭐가 잘돼요."
"저거 웃고 있는 거예요."
"저게요?"

아니나 다를까 태진은 무표정으로 물개 박수를 치며 입을 열었다.

"저희한테 지정해서 맡게 해 주신대요!"
"봐요. 맞죠?"
"아, 진짜네."

국현은 어떻게 저게 웃는 표정인지 알아보려고 태진의 얼굴을 쳐다봤고, 수잔은 피식 웃으며 입을 열었다.

"잘됐네요. 그럼 플레이스 요구는 뭐예요?"
"아! 꽤 많아요. 일단은 참가 극단들 5팀을 섭외해야 돼요. Y튜브로 수익도 7:3으로 배분한다더라고요. 극단이 7 가져간대요. 그래서 제안하기도 더 좋을 거 같아요."
"역시 그런 걸 해 본 곳이니까 다르네요. 문제 안 만들려고 아예 배분을 하고 시작하는구나. 그럼 일단 한 곳은 조각가들일 테고, 나머지 네 곳만 구하면 되네요? 쉬운데요?"

태진을 관찰하던 국현도 어렵지 않다는 듯 고개를 끄덕거렸다.

"조건이 그렇게 되면 할 곳이야 많아지겠네요. 그런데 그러면 플레이스는 남는 게 있나. 극장도 무료로 제공하는데. 혹시 이미지만 가져가려고 그러나."

"아, 극장 티켓도 똑같이 7:3으로 가져간대요. 투자자 형식으로 된다는데요."

"아, 그럼 그나마 낫겠네. 어떻게 보면 극장 수익은 거의 없다고 봐야 하니까 극단들도 문제 삼진 않을 거 같고."

"그리고 제약 같은 게 있는 거 같아요."

"제약이요……? 그런 거 별로 안 좋아할 텐데."

"제가 보기에는 좋아 보이던데."

국현과 수잔은 고개를 갸웃거렸다. 제약이란 단어에서 좋은 게 나올 리가 없었다.

"내용이 뭐냐면 이 프로젝트를 하다 보면 만약에라도 어떤 배우가 인기를 얻을 수 있잖아요. 그리고 연기가 출중한 배우가 있을 수도 있고."

"그렇죠."

"그런 배우들을 플레이스에서 섭외하려 할 때 훼방 놓지 말라는 내용이거든요."

"아! 발목 잡지 말라고!"

"네, 맞아요. 들어 보니까 극단에서 배우들하고 전속 계약 같은 거 하는 경우도 있어서 그걸로 발목 잡을 때도 있다고 하더라고요."

"오! 이런 식으로 배우 섭외 하겠다! 단장들은 몰라도 배우들은 다 환영하겠네."

국현은 내용이 만족스러운지 의욕이 오르는 듯 보였다.

"그럼 기간은요?"

"그 기간이 좀 짧아요. 일주일이래요. 극장을 기약 없이 비워 둬야 하는 기간이 생기면 손해가 크다고 그러는가 봐요. 좀 시간이 빠듯하죠."

국현은 전혀 문제 되지 않는다는 표정으로 고개를 저었다.

"일주일이면 우리나라 극단들 다 만날 수 있는 시간이죠. 가만 있어 보자. 여기서 다섯 팀 추리는 게 더 힘들 거 같은데."

"뭐가 있어요?"

"제 휴대폰에 극단 단장들 연락처 있는 것만 해도 열댓 명은 될 건데. 그리고 수잔도 있잖아요. 그러니까 시간은 널널하죠. 오케이. 바로 시작할까요?"

수잔도 동의한다는 듯 고개를 끄덕거렸다. 그때, 태진이 말이 끝나지 않았다는 듯 손을 저으며 입을 열었다.

"조건이 더 남았어요."

"음? 아! 스태프들 말하는 거죠?"

"네, 맞아요. 그런데 조명 팀은 극장 상주 감독님이 계시대요. 그래서 극단하고 상의해서 연출해 주실 거라고 들었어요."

"이야, 역시 플레이스네. 이러면 극단들 구하기 더 쉽겠는데요? 그럼 스태프 구할 게 있나? 다들 극단 내에서 해결할 텐데. 연출도 자기네들끼리 할 거고 분장은 말할 것도 없고. 다 해결된 거 같은데요? 극단들 돈 낼 게 없네!"

"있어요. 그거 얘기하려고요."

태진은 경영 팀에서 받아 온 서류를 내밀며 펜으로 한 부분을 동그라미 쳤다.

"세트 제작비가 생각보다 많이 들어가나 봐요."

"어떤 연극이냐에 따라 다르지만 많으면 총 제작비의 20% 정도까지 쓰죠. 그런데 우리가 구하려는 극단들은 세트도 대부분 자체적으로 해결할 텐데."

"그게 걸린다고 하더라고요. 한 번 설치하고 계속 쓰면 모르는데 연극이 계속 바뀌니까 설치하고 철거하고, 그러다 보면 안전상 문제가 생길 수 있다고 그러더라고요."

"그럼 뭐 세트 팀을 구해야 되나."

"네, 그래 주길 원하더라고요."

"하긴. 처음에도 생각했던 거긴 한데. 그럼 세트 팀 비용은 각 극단에서 내는 거겠고요. 그러려면 최대한 가격을 후려쳐야 되겠는데… 일단 예산을 알아야 되니까 극단들부터 리스트 뽑고, 그러고 나서 하는 게 맞겠네요."

사실 의견을 내기는 했지만 연극 판이 어떻게 돌아가는지 잘 몰랐던 태진은 국현의 의견에 고개를 끄덕거리는 일만 하고 있었다.

"그리고 그 부수적인 것들도 전부 극단에서 해결해야 되고요. 식사라든지 티켓이라든지."
"그건 당연하죠."

그때, 가만히 듣던 수잔이 입에 바람을 크게 불고는 입을 열었다.

"좀 수상한데요?"
"뭐가요?"
"아무리 이미지를 얻어 간다고 해도 남는 게 그렇게 클 것 같진 않아요. 있더라도 도움도 안 되는 그런 정도인데. 이걸 왜 수락했을까요? 뭔가 꿍꿍이가 있는 거 아니에요?"
"그런 거 같진 않던데요."
"사람을 그렇게 믿으면 안 돼요. 무조건 의심부터 하고!"
"전체적으로 봤는데 손해 보는 일은 아니니까 한 거 아닐까요?"

"에이, 공연장 공짜로 빌려 주고 다른 지원들도 해 주면 그만큼 회사 인력이 빠져나갈 텐데. 그리고 우리한테도 에이전시 비용 줘야 되잖아요."

그 말에 태진은 재빠르게 고개를 저었다.

"아, 우리 회사는 안 받기로 했어요."
"어?"
"네?"

국현과 수잔이 동시에 고개를 갸웃거리며 되물었다.

"우리가 지금 하는 일은 무료로 하는 거예요."
"이걸 왜요? 그러라고 넘긴 게 아닌데?"
"우리야 월급 타니까 상관없는데 우리 회사에서 그걸 수락했대요?"

태진은 입술을 씰룩거리며 웃었다.

"대신 우리가 원하는 배우가 있을 때 적극적으로 도움을 준다고 했대요. 아까 말했죠. 제약. 그걸 우리한테도 해 준다는 거예요."
"아……."
"그리고 만약에 플레이스나 우리가 같은 배우를 점찍으면 경쟁

하는 거고요."

"음, 미래를 위한 투자. 아, 맞다! 우리 지금 배우 충원하려고 한다는 얘기 있거든요. 지금 라액 참가자들 우리 회사에 들이면서 동시에 소속 연예인 더 충원한다고 들었어요. 그래도 우리가 좀 불리하긴 하네. 아무래도 홈이 플레이스니까."

태진은 스미스를 통해 알고 있긴 했지만, 국현마저 알고 있을 줄은 몰랐다. 어디서 들었는지 몰라도 역시 마당발답게 모르는 게 없는 사람이었다. 태진은 피식 웃다 말고 경영 팀장이 했던 말이 떠올라 코를 훔치며 입을 열었다.

"그리고 그거 해서 버는 돈이 어차피 얼마 안 된……."
"거기까지!"
"쉽게 말하면 회사에서 우리한테 큰 기대를 안 하는 거……."
"오케이! 그만! 말 안 해도 알아요! 계속 얘기하면 우리가 회사에 필요 없는 사람들 같잖아요!"

태진은 피식 웃고는 곧바로 자리에서 일어났다. 그러자 수잔과 국현이 의아한 듯 태진을 쳐다봤다.

"극단들은 우리가 알아보면 되는데 어디 가세요?"
"네, 그렇게 좀 해 주세요. 전 아마 이대로 나가서 바로 퇴근할 거 같아요."
"어디 가시는데요?"

"건강 문제 해결하러 가야죠."

"건강 문제요? 어?"

"다녀와서 말씀드릴게요."

태진은 시간을 확인한 뒤 곧바로 짐을 챙겨 사무실을 나섰고, 사무실에 남은 국현과 수잔은 의심이 가득한 표정으로 서로를 쳐다봤다.

"수잔 씨, 팀장님 진짜 몸 안 좋은 건 아니겠죠?"

"원래 안 좋았다고 하긴 했었는데… 그동안 입사해서 계속 일만 했으니까 안 좋을 수도 있겠네."

불안한 눈빛으로 태진이 나간 문을 쳐다보던 두 사람은 동시에 같은 표정을 지으며 서로를 쳐다봤다.

"당장은 우리가 더 열심히 해야 될 거 같아요."

"스읍, 어쩔 수 없죠. 일단 뭉쳐 보죠!"

＊　　　　＊　　　　＊

며칠 뒤, 사무실에 자리한 태진은 모니터를 보며 흐뭇한 미소를 짓고 있었다. 태진이 보고 있는 것은 다름 아닌 국현이 구해 온 라액의 최종본이었다. 다들 말할 것 없이 연기력이 늘었고, 그중에서도 정만은 혼자서만 빛나는 느낌이었다. 옆에서 지켜보지 못해 약간 걱정이 되었는데 정만의 연기를 보니 그런 걱정은 싹 가셨다. 그러다 보니 태진의 얼굴은 쉴 새 없이 움직이는 중이었다. 그런 태진의 모습에 수잔이 피식 웃더니 말을 걸었다.

"그렇게 좋아요?"

수잔의 질문에 태진은 고개를 끄덕거렸고, 국현은 어이없다는 표정으로 태진을 관찰하더니 수잔을 보며 말했다.

"어디를 어떻게 뭘 봐서 저게 좋아하는 거예요?"
"웃고 있잖아요."
"저게요? 저건 입꼬리만 바들바들 떠는데 누가 봐도 비웃는 거지!"
"하긴 나도 처음에는 몰랐으니까. 그런데 팀장님… 아니다."
"뭐가 아니에요? 왜 나만 몰라? 나도 알고 싶어요."
"남의 얘기를 내가 하는 건 싫어서 그래요."

두 사람의 대화를 들은 태진의 입술이 또다시 바르르 떨렸다.

"제가 예전에 사고를 당했어요."
"알죠. 하반신마비로 10년 동안 누워 있었다면서요."
"역시 알고 계시네요. 그런데 그거 말고도 안면마비가 있어서 표정이 이래요."
"어……? 진짜요?"

국현은 순간 흠칫 놀라며 태진을 쳐다봤다. 그러고는 무척 조심스럽게 조용하게 물었다.

"그럼… 포커페이스가 아니라 표정을 못 짓는 거였어요?"
"네, 맞아요."
"그래서 누가 뭐래도 내 갈 길 가겠다는 그런 의지가 아니라 포커페이스라서 그런 거예요? 곽이정이 막 지랄 지랄 할 때도 신경 안 쓴 게 아니라… 안면마비 때문에……?"
"그렇죠."

갑자기 당황하는 국현의 모습에 태진은 멋쩍은 듯 코를 한 번 훔치며 말했다.

"설마 지원 팀 오신 거 후회 되세요?"
"후회라기보다는… 뭔가 속은 느낌인데……."
"저 열심히 할 거예요. 지금처럼 많이 도와주세요."

대놓고 도와 달라는 말에 국현은 다른 말을 하지 못한 채 이마를 긁적였다. 그러고는 태진을 물끄러미 쳐다보더니 갑자기 손을 모으더니 수잔의 귀에 가져갔다.

"뭔가 좀 달라졌죠?"
"뭐가요?"

"막 저번에 일찍 가더니 다음 날부터 엄청 씩씩하잖아요."

"어, 듣고 보니까 그런 거 같은데요?"

"봐! 아팠네! 무슨 처방받고 와서 건강해졌네! 갑자기 엄청 씩씩해진 게 말이 안 되지!"

다 들리게 속삭이는 국현의 말에 태진은 입술을 씰룩거리며 웃었다. 국현의 말처럼 스스로도 씩씩해졌다는 것을 느끼는 중이니 다른 사람들이 그렇게 느끼는 건 당연했다. 태진은 괜히 다리를 세게 주물러 보고는 크게 박수를 쳤다.

"극단 단장님들 만나러 가죠!"

"저 봐! 무슨 약을 먹길래 저렇게 효과가 좋을까요?"

*   *   *

며칠 뒤. 태진의 건강이 안 좋다는 소문이 얼마나 퍼졌는지 직원들이 대하는 태도가 다르다는 걸 당사자인 태진마저도 느꼈다.

"너무 무리하지 마요. 어휴. 천천히 가요."

"10호, 아니, 지원 팀장님이지. 괜찮아요?"

수습 기간 동안 에이전트 부서의 모든 팀을 경험해 본 덕분에 대부분이 아는 얼굴들이었고, 평소에는 알은척도 하지 않았던 사람들이 먼저 인사를 건네 왔다. 거기에 다른 부서에까지 소문이

낳는지 알은척은 하지 않아도 자기들끼리 웅성거리는 모습을 자주 보였다.

그럼에도 태진은 특별히 반응하지 않았다. 조만간 전부 해결될 문제였다. 지금도 소문에 개의치 않는 태진은 연습실로 가는 중이었다. 국현과 수잔을 기다리기 지루하기도 했고, 어제 스튜디오 촬영을 마친 라액의 참가자들을 보고 싶기도 했다. 그리고 무엇보다 곽이정의 즐거워하는 모습을 보고 싶었다.

연습실에 도착한 태진은 노크를 한 뒤 곧바로 문을 열었다. 그동안 함께했던 플레이스의 참가자 및 스태프들이 빠져 굉장히 휑한 느낌이었다. 그때, 태진을 발견한 정만이 가장 먼저 손을 흔들며 인사했다.

"형! 몸은 좀 괜찮으세요?"

태진은 가볍게 고개를 끄덕이며 걸음을 옮겼고, 그와 동시에 자신을 물끄러미 쳐다보는 곽이정이 보였다. 곽이정은 또다시 미소를 짓고 있는 가면을 창작한 채로 태진에게 다가왔다.

"괜찮아요? 걱정 많이 했는데."

소문을 낸 당사자가 할 질문은 아니었다. 하지만 곽이정은 그런 적이 없다는 듯 뻔뻔함을 보였다. 태진은 순간 국현이 곽이정을 부르는 호칭이 떠올랐고, 찰떡 같다는 생각에 피식 웃음이 나왔다.

"푸흡."

"음?"

"아니에요. 걱정해 주신 덕분에 괜찮아요."

"다행이네요. 건강 관리를 잘해야죠. 지금은 내가 책임지고 있으니 넘어갈 수 있지만, 다음에 이런 일이 또 생기면 무책임하게 보일 수도 있습니다. 그러니까 평소에 건강 관리 잘하세요."

사람이 어쩜 저렇게 뻔뻔할 수가 있는지 감탄할 정도였다. 그러다 1팀 팀원들이 보였고, 전부 한통속처럼 보이는 표정들이었다.

"알겠습니다. 이제 걱정하실 일은 없을 거에요. 그보다 잠깐 얘기 좀 해도 될까요?"

"그래요. 안 그래도 기다리고 있었는데. 차 한잔하면서 얘기하죠."

"아니요, 팀장님 말고 정만 씨하고 희애 씨하고 얘기하려고요."

무슨 생각을 했는지 득의양양하던 곽이정의 표정이 잠깐이나마 일그러졌다. 하지만 그것도 잠시 온화한 미소를 흉내 내며 태진에게 길을 열어 주었고, 태진은 가벼운 목 인사를 하고는 정만과 희애에게 걸어갔다.

"얘기 들었어요. 수고했어요."

"윤중이 형하고는 통화하셨어요?"

"탈락했는데 마음도 추스르고 휴식도 좀 하라고 아직 안 했어요."

"아, 윤중이 형이 인사도 못 했다고 아쉬워했는데. 그래도 곽이정 팀장님이 신경 써 주셔서 화면에 많이 나왔다고 만족해했어요."

모르긴 몰라도 윤중을 위해서는 아닐 것이 확실했다. 태진은 곽이정을 보며 마음껏 비웃었다. 이럴 땐 표정을 지을 수 없는 게 참 편리했다.

"형도 윤중이 형하고 연락해 보세요."

"이제 연락해 봐야죠. 그나저나 칭찬 많이 받았다면서요."

"아! 네. 저랑 희애 누나랑 다들 엄청 칭찬해 주셨어요. 특히 연기도 연기인데 색다르게 해석한 게 좋다고 다들 그래 주셨어요. 진짜 형 덕분이에요."

"다음 주에 방송이죠?"

"네, 이번 주는 다른 팀 나가고 저희는 다음 주에 나가요."

태진은 잘했다는 듯 고개를 끄덕거리며 두 사람을 쳐다봤다. 그러고는 자신을 지켜보는 곽이정을 힐끔 쳐다본 뒤 입을 열었다.

"다음 미션이 마지막이죠?"

"네, 맞아요. 이제 탈락자는 없고, 라액의 남녀 주연만 뽑으면 끝나요. 저랑 희애 누나랑 같이 되면 좋을 거 같아요!"

"그래요. 다음 미션은 뭐예요?"

"아, 그거요. 모든 팀이 뭉쳐서……"

이미 국현의 정보망을 통해 어떤 미션인지 알고 있었지만, 확인해 보고 싶었다. 아니나 다를까 이쪽에 신경을 쓰던 곽이정이 나섰다.

"미션에 대한 정보는 최대한 노출을 줄이는 게 좋죠. 나중에 한태진 씨가 건강해지면 그때 도와주세요. 그렇지?"

"맞아요. 또 저희 때문에 매일 붙어 계시고 그러지 마세요. 지금도 충분히 감사한데요."

"그래요. 팀장님 이제 좀 쉬어요! 마지막이니까 정만이랑 나 열심히 할게요! 혹시나 도움 필요하면 우리가 연락할게요! 그래도 되죠?"

두 사람의 걱정스러운 눈빛에 태진은 고개를 끄덕거렸다. 예상대로 아예 라액에서 배제를 하겠다는 곽이정의 태도도 확인했다. 그때 마침 국현에게서 전화가 걸려왔다.

―우리 사무실인데 어디세요!

"네, 지금 올라갈게요."

.태진의 통화에 곽이정은 올라가 보라는 듯 한 손을 들어 올리며 웃었고, 태진은 그런 곽이정을 보며 입술을 씰룩거린 뒤 정만과 희애를 쳐다봤다.

"또 올게요."

*   *   *

사무실에 자리한 태진은 분석한 자료들을 보며 한숨을 뱉었다.

"수잔, 내 말이 맞죠? 한숨이 나온다니까!"
"나 뭐라고 안 했는데요?"

조건을 받아들여 참가하겠다는 극단은 얼추 추렸다. 참가하겠다는 팀은 굉장히 많았기에 이미 플레이스에서 요구한 다섯 팀을 넘어선 상태였다. 그렇기에 조금 더 좋은 공연을 위해서 연습을 지켜보고 다섯 팀을 정하기로 한 상태였다. 그리고 그곳엔 단우가 속해 있는 조각가들도 포함되어 있었다. 문제는 참가하는 팀들이 아니라 각 팀에서 정한 예산이 문제였다.

"조각가들이 돈 좀 있는 극단이었네요… 예산들이 너무 적은데요?"
"진짜 이런 말 하긴 싫었는데 진짜 없는 사람들이 더해요. 이

정도로 도와주면 어느 정도는 자기네들이 해결을 해야 되는데 이왕 도와줄 거면 다 도와주길 바라고 있어요. 내가 하마터면 그러니까 너희들이 그 수준인 거라고 말할 뻔했다니까요."

"후."

"우리 아니었으면 그대로 묻혔을 건데! 내놓을 건 좀 내놓고 해야 되는데. 아오, 진짜 하나같이 어떻게든 돈만 벌려고. 어떻게든 묻어 가서 인기 좀 얻어 보려고 그러는 거밖에 더 돼요?"

"여유가 없을 수도 있죠. 그래도 좀 그렇네."

예산들이 턱없이 적었다. 그 예산안의 일부로 세트 관리 팀을 섭외해야 하는데 이 정도 예산이면 턱도 없어 보였다. 태진은 세트 팀을 알아본 수잔에게 질문했다.

"제작 팀들은 뭐래요?"

"예산 얘기하고 욕 안 들은 게 다행이에요. 견적서 달라고 하기도 민망해요."

"그 정도예요?"

"기간을 보세요. 먼저 극단들하고 상의해서 제작 방향 잡아야죠. 그리고 두 달 동안 상주하면서 세트 제작, 보수 철거를 해야 되죠. 그런데 지금 예산이 많은 팀으로만 골라서 제작비를 뽑아도 쥐어 짜내야 1,000만 원이란 말이에요. 어느 한 팀에서 더 많이 내면 많이 낸 팀에서 문제 삼을 수 있잖아요. 그래서 최소 예산을 낸 극단에 맞춰야 돼요. 그래서 만약에 저기 제작비 예산 100만 원 잡힌 데를 기준으로 뽑으면······."

"힘들다는 거죠?"

"그렇죠. 인건비도 안 나오는 수준이죠. 두 달이면."

태진은 어디서 무대 설치 팀을 구해야 하는지 고민을 할 때, 국현이 의심이 가득한 표정으로 입을 열었다.

"지금 생각해 보니까 플레이스에서 다른 건 다 자기네가 한다고 하고서 세트 팀만 구해 오라고 한 게 수상해요. 다 알고서 구해 오라고 하는 거 아닐까요?"

"왜요?"

"하기 싫으니까! 돈이 안 될 거란 걸 알고 있으니까! 너희가 이 예산에 세트 팀을 구해 올 리가 없지 라고 생각해서! 우리 제안을 들어주는 척해서 빚을 만들고! 안 되면 너네가 못해서 그런 거라고 하면 그만이니까!"

"그러기에는 너무 진심이잖아요. 플레이스에서 하겠다는 것도 많고."

"구라를 칠 때는 약간의 진실이 필요한 법인데."

"어쨌든 구해 오면 하는 거잖아요."

국현은 입맛을 다시며 고개를 저었다.

"이건 뭐 각 극단에서 몇 명 뽑아서 세트 팀을 구성하지 않는 이상 힘들죠. 그러면 전문가가 아니라고 플레이스에서 지적할 테고."

"아, 그런 방법도 있네요."

"뭐가요."

"원래도 극단 내에서 무대 제작 했다면서요."

"플레이스에서 딴지 걸어서 안 된다니까요? 전. 문. 가. 라고 명시해 놨어요!"

"그러니까 세트 팀을 전부 구하지 말고 관리자, 그러니까 총책임자만 전문가로 구하고 제작은 각자 팀에서 하면 어때요? 가능할까요?"

국현과 수잔은 동시에 솔깃하면서도 이내 고개를 저었다.

"그렇게 하면 가능은 하겠죠. 그런데 문제는 총책임자만 구할수가 없다는 거! 그런 사람이면 맡은 팀도 있을 텐데 자기네 팀 맡아야죠. 두 달 동안 이 일에 매달리겠어요. 아무리 생각해도 이런 예산이면 동네 인테리어 업자도 못 부르는 금액인데! 아, 이 정도면 야매 업자들은 부를 수 있겠네. 그것도 아니면 일을 너무 하고 싶어 하는 그런 사람들, 우리는 이 일 아니면 안 된다, 그런 사람들 아니고는 안 하려고 그러죠."

"그래도 프로젝트가 잘되면 다른 데서 불러 줄 수도 있잖아요."

"아휴! 당장 내 손에 쥐어지는 게 없잖아요. 손에 좀 쥐는 게 있어야지 나중도 보는 거지. 손에 벽돌 하나 들고 완성된 성 상상하는 꼴이잖아요."

태진은 혹시 수잔이라면 다른 방법이 있지 않을까 해서 쳐다봤다. 하지만 수잔도 국현의 말에 동의하는지 입을 꾹 닫은 채 고개를 끄덕이고만 있었다. 태진도 할 수 있는 게 딱히 생각이 나지 않았기에 지금 할 수 있는 건 한 가지뿐이었다.

"그래도 일단… 좀 더 알아보죠."

"스읍, 하. 그거 말고는 방법이 없으니까. 알겠습니다. 전 지방 위주로 좀 알아볼게요. 혹시나 작은 극단을 위주로 하던 업체들 있을 수 있으니까."

사정을 해야 될 수도 있는 일을 시키는 게 마음이 쓰였지만, 당장은 그 방법 말고는 없었다. 그리고 그걸 자신이 아닌 국현과 수잔이 해야 한다는 점이 미안했다. 두 사람은 각자 자리로 돌아가 업체들을 알아보기 시작했고, 태진도 도움을 주기 위해 인터넷에 인테리어 업체를 검색했다. 대부분이 이미 두 사람이 알아 온 리스트에 적혀 있는 곳들이었고, 아닌 곳은 무대 제작이 아닌 일반 인테리어 업체들이었다.

'아…….'

경험이 너무 없다 보니 막히는 곳이 너무 많았다. 혹시 다른 팀에서 알고 있는 업체가 있지 않을까 생각이 들었지만, 부서 이름이 지원 팀인데 다른 팀에 지원 요청을 하기가 망설여졌다. 그렇게 의미 없이 계속해서 페이지를 넘기며 업체들에 대한 정보를 찾고 있었다. 그러던 중 익숙한 이름 하나가 눈에 들어왔다.

[무대 제작 전문 업체 - 선우무대.]

'어? 선우무대?'

수잔과 국현이 준 리스트를 살폈지만, 리스트에는 없는 회사였다. 태진은 혹시나 하는 마음에 일단 링크된 회사 홈페이지를 클릭했지만, 열리지 않는 이미 없어진 사이트였다.

'이상하네. 여기 검색되게 올리려면 비용 들어간다고 들었는데.'

아무래도 없어진 곳이 아니라 일시적으로 닫아 놓은 사이트 같았다. 그러다 보니 태진은 자신의 추측에 조금 더 확신이 들었다.

"국현 씨, 예전에 선우철거 홈페이지 아세요?"
"거기요? 휴대폰에 있을 수도 있는데. 거긴 왜요? 거기 철거만 하는 데인데."
"아니에요. 거기 원래 무대 제작하던 곳인데 철거 업체로 바꾼 거예요."
"네? 팀장님이 어떻게 알아요?"
"저 다 들었거든요."

잠시 뒤 국현은 휴대폰을 뒤적거려 태진에게 선우철거의 홈페이지 주소를 알려 주었다. 그리고 그 주소를 본 태진은 고개를 끄덕이며 모니터를 쳐다봤다.

"맞네."

선우무대와 선우철거의 홈페이지 주소가 동일했다. 태진이 제안을 한다고 해서 선우철거에서 받아들일지는 모르겠지만, 얼마 전까지만 해도 사과를 할 정도로 힘들어하는 곳이었기에 이번 일을 맡을 수도 있을 것 같다는 생각이 들었다. 그리고 비록 그렇게 좋은 제안은 아니지만, 곽이정으로 인해 피해를 받은 사람들이었기에 그대로 무너지게 두고 싶지 않았다.

제6장

—

선우철거

안산의 한 건물 앞에 도착한 태진은 가만히 건물을 쳐다봤다. 오래된 건물의 2층에는 간판 대신 시트지로 붙인 이름이 보였다.

[선우철거]

선우무대에 적혀 있는 주소와 동일했다. 아마 업종 변경을 하고 변경을 하지 못한 모양이었다. 규모가 크지 않을 거라는 건 예상했지만, 이 정도일 줄은 예상하지 못했다. 그때, 함께 온 수잔이 올라가자는 손짓을 했다.

"대부분 이래요."
"아, 그래요?"

"조그만 사무실 있고 인부는 따로 부르죠. 인부들이 여기서 사무 볼 것도 아니잖아요."

"그렇네요. 그런데 여기서 파주까지 일을 가셨나 보네요."

"이 정도면 가깝죠. 일만 있으면 지방에도 왔다 갔다 하는데. 빨리 올라가요."

예전 이정훈 섭외 때 수잔에게 배운 것이 많기에 일부러 수잔과 동행했고, 역시 믿음이 갔다. 연극 무대를 맡을 수 있을까 약간 걱정을 하던 태진은 수잔의 말을 의심을 거두고 위로 올라갔다.

올라가자 철문에 아크릴로 만든 선우철거의 이름이 보였고, 태진은 그 문을 두드렸다.

똑똑똑.

그러자 안에서 문이 열리며 중년의 여성이 고개를 내밀었다.

"누구세요?"

"여기 선우철거 맞죠?"

"네, 맞아요. 들어오세요."

안으로 들어가자 규모는 예상대로 상당히 작았지만 밖에서 볼 때와 다르게 깔끔했다. 중년 여성은 태진과 수잔을 자리에 안내하더니 휴대폰을 들고 급하게 구석으로 갔다. 잠시 뒤 돌아온 중년 여성은 웃으며 말했다.

"사장님 잠깐 일 보러 가셨는데 마침 지금 오고 계시대요. 십 분이면 도착하신다는데 잠시만 기다려 주실 수 있으세요?

"네, 그럴게요."

"그럼 커피라도 드릴까요?"

"아니요. 괜찮아요."

여성은 태진과 수잔이 편하게 있을 수 있도록 구석에 자리를 잡았다. 그러자 수잔이 조용하게 속삭였다.

"일 하나도 없을 줄 알았는데 그렇진 않은가 봐요."

태진은 숨을 크게 들이마신 뒤 구석에 있는 중년 여성을 힐끔 쳐다봤다. 그러고는 조용하게 입을 열었다.

"아닐 거예요."

"뭐가 아니에요?"

"직원분이 반가워하면서도 걱정하고 고민이 있는 것처럼 약간 불안해 보이잖아요."

"불안이요?"

"눈을 계속 피하면서 억지 웃음을 짓더라고요."

수잔은 모르겠다는 듯 고개를 갸웃거렸다. 하지만 태진은 확실 치는 않아도 그렇게 좋은 상황으로 보이진 않았다. 상황이 좋았다면 저런 모습을 보일 리가 없었다.

잠시 뒤, 사무실 문이 열리더니 전에 병원에서 봤던 남성이 어디를 다녀왔는지 작업복을 입은 채로 급하게 들어왔다.

"안녕하세요. 기다리게 해서 죄송합니다. 여보, 마실 것 좀 부탁해."
"사모님이셨어요?"
"아, 네. 집사람입니다."

부부가 운영을 하는 모양이었다. 그리고 부부의 표정은 비슷했다. 미소를 짓고 있지만, 어딘가 불안해하는 모습이었다. 지금도 어떤 일로 왔는지 먼저 물어보지 않는 것만 해도 망설이고 있다는 것이 느껴졌다. 그때, 부부가 서로를 쳐다보는 모습이 보였다. 아내는 고개를 저었고, 대표는 그런 아내를 보며 고개를 저었다. 그러자 아내는 한숨을 쉬며 고개를 끄덕임과 동시에 대표가 입을 열었다.

"일단 말씀드리고 싶은 게 있습니다. 전에 사고가 좀 있었어요."
"사고요?"
"아실지 모르겠는데⋯ TV에 나오는 연예인들이 조금 다쳤거든요."

그러자 옆에 있던 아내가 급하게 대화에 끼어들었다.

"다친 건 아니에요! 그냥 놀란 거죠."

"아무튼 기사에 나온 곳이 저희 선우철거입니다. 그런데 제 모든 걸 걸고 절대 안전 수칙에 위반된 일을 한 적은 없습니다. 사실 거리도 꽤 있었거든요. 혹시나 모르시고 오셨다가 나중에 취소하실까 봐 미리 말씀드리는 겁니다."

태진은 놀람과 동시에 미안함이 들었다. 왜 엄한 사람이 저렇게 안쓰러운 표정을 지은 채 먼저 고개를 숙여야 하는 건지 화도 났다. 태진은 수잔을 한 번 쳐다본 뒤 입을 열었다.

"알고 있습니다."

"알고 오셨어요?"

"저희는 MfB에서 근무하는 직원들이고요."

"MfB… 면 거기잖아요… 무슨 문제라도."

당황하는 대표와 달리 아내의 표정은 심하게 일그러졌다. 그러고는 언제 친절하게 웃었냐는 듯 분해하는 표정으로 태진을 쳐다봤다.

"왜요! 왜 우리가 무슨 잘못을 했다고! 여기까지 찾아왔어요!"

"여보, 진정해."

"어떻게 진정이 돼! 잘못도 안 한 우리가 굶어 죽게 생겼는데! 도대체 우리가 뭘 그렇게 잘못했어요!"

"이 사람이 왜 그래."

"뭘 왜 그래. 당신도 화나서 잠도 못 자면서! 남의 일이나 하러 다니고! 계속 하루 벌어 하루 살 거야?"

어디를 갔다고 한 게 다른 현장의 일을 도와주고 온 모양이었다. 태진과 수잔은 두 사람의 모습에 마치 죄인처럼 미안한 표정으로 입을 다물고 있었다.

"우리 가만히 안 있을 거예요. 우리가 망하는 한이 있더라도 고소를 하든 아니면 때려죽이든 뭘 해야 내가 숨이라도 쉬지 지금은 숨도 안 쉬어져!"

"이 사람아, 그만 좀 해."

"여긴 왜 왔어요! 우리 망했나 안 망했나 확인하러 왔어요? 절대 안 망해! 너네들 다 인터넷에 올릴 거야! 청원도 할 거고! 니들 망하는 거 보기 전까지 절대 안 망해!"

"이 사람이 진짜!"

태진이 한 일이 아님에도 억울하다는 생각은 전혀 들지 않았다. 그저 안타깝고 미안한 마음만 들었다. 그때, 수잔이 아내의 손을 잡았다.

"죄송합니다. 정말 죄송해요."

"이제 와서 죄송하다고 하면 끝이야! 우리는! 우리는 이제 어떻게 하냐고! 일도 다 끊기고 같이 일하던 사람들도 다 갔어!"

"차라리 고소를 하세요. 제가 최선을 다해서 도와 드릴게요."

"이년이 지금 나랑 장난해?"

"진짜로 도와 드릴게요."

거의 머리카락을 잡히기 일보 직전에 아내의 손이 천천히 내려갔다. 그러더니 이제는 바닥에 철퍼덕 앉더니 서러운 표정으로 울기 시작했다. 그러자 수잔 역시 쪼그려 앉아 아내의 손을 꽉 잡았다.

"우리한테 도대체 왜 그래요."

"정말 죄송합니다. 정말 미안해요. 흐흑."

수잔까지 울기 시작했고, 태진은 무거운 마음에 고개를 숙였다.

*   *   *

아내와 수잔이 진정이 되고 나서야 대화가 진행되었다. 대표는 무거운 표정으로 태진에게 말했다.

"사실 고소하려고 알아봤는데 우리가 이길 수가 없다고 하더라고요."

"알아보셨어요?"

"너무 억울해서 여기저기 알아보는데 상담비만 계속 나가니까······."

참가자들이 다친 게 아니라 놀라서 혹시 모를 상황을 대비해 병원으로 간 것이었고, MfB에서도 선우철거에 요구를 한 것이 아무것도 없었다. 뭔가 요구라도 했으면 문제가 됐을 텐데 그런 것이 없다 보니 고소를 해도 승산이 없다는 말을 들었다.

"하."

답답함이 느껴지는 한숨을 뱉은 대표는 억지로 미소를 지으며 말했다.

"우리도 일부러 그런 게 아니었듯이 그쪽 회사도 일부러 그런 건 아니었겠죠. 휴. 꼬이고 꼬여 이렇게 된 건데 뭘 어떻게 하겠어요."

고소를 하면 증인을 해 줄까 하는 생각도 들었는데 사실 곽이정이 직접 꾸민 일이라고 밝히지 않는 이상 그 누구도 내막을 알 수 없는 일이었다.

"그래도 저기 저분 덕에 집사람 속이 좀 풀려서 다행이네요. 차츰 괜찮아지겠죠. 그럼 바쁘실 텐데 이만 가 보세요."
"사실 저희가 뭐 좀 여쭤보려고 왔어요."
"뭘요?"

MfB에 적대적이라 일을 맡을지까지는 알 수 없었기에 태진은 조심스럽게 입을 열었다.

"전에 무대 설치도 하셨다고 들었어요."

"그렇죠. 세트장 설치했죠. 어떻게 알았어요?"

"전에 병원에서 뵀어요."

"날요?"

"저도 그때 소식 듣고 병원에 갔었거든요. 거기서 얘기 나누시던 분한테 얘기 들었어요. 그리고 파이온에도 선우무대라고 나와 있더라고요."

"아, 그랬네요. 우리 아들놈이 군대 가 있어서 그걸 못 바꿨네. 아들이 컴퓨터를 잘해서 그런 걸 다 해 줬었거든요. 아……."

대표는 아들 얘기를 할 때 잠깐이나마 밝아지더니 곧바로 다시 씁쓸한 표정으로 변했다.

"우리 홈페이지도 아들이 만들어 준 건데… 하필이면 휴가 나왔을 때 이런 일이 생겨서 사과문도 쓰게 만들고. 그게 속상해요."

"아드님이 쓰셨던 거예요?"

"그럼요. 자기도 사람들한테 부모 욕먹는 거 싫으니까 가면서 말도 안 하고 홈페이지 닫아 버리고 복귀했더라고요."

"아……."

"그런데 우리 무대 설치는 무슨 얘기예요?"

"저희가 이번에 연극 무대를 꾸며야 하거든요. 그걸 맡아 주실 수 있을까 해서 찾아온 거예요."

대표는 무슨 소리인가 싶은지 이마를 긁적이며 태진을 봤고, 옆에서 대화를 들은 아내가 급하게 다가왔다.

"연극 무대 설치요?"

"정확히는 감독이라고 보는 게 맞아요. 제작은 단원들이 할 거고요. 지시를 내려 주고 관리를 해 주시는 역할이거든요."

"잘됐네! 지금 어차피 다 가 버렸잖아. 당신, 어때?"

대표는 약간 고민이 되는 듯 한숨을 뱉더니 아내를 봤다.

"MfB인데 괜찮아?"

"싫지! 그래도 당장 입에 풀칠하려면 뭐라도 해야지. 아들 이름 걸고 이대로 망하는 게 더 싫어. 괜히 우리 선우 앞길도 이렇게 될 거 같아서!"

"해도 되려나."

"되려나가 아니라 해야지. 우리 업종도 철거를 추가한 거라서 법적으로 문제 될 거 없어."

"그런가. 그럼 포트폴리오 좀 가져다줘."

대표는 마음을 정했는지 고개를 끄덕이며 태진을 봤다.

"저희한테 어떤 걸 맡길지는 모르시죠?"

"연극이에요. 총 5개의 극단이 번갈아 가면서."

"아니요. 그러니까 어떤 연극인지 정확히 알 수는 없죠?"

"네."

"아, 다름이 아니라 견적을 뽑아야 할 텐데 어려울 거 같아 보여서요. 그래서 먼저 선우철거… 아니, 선우무대에서 했던 걸 보여 드리고 다시 가서 상의하셔야 될 거 아니에요. 그래서 말씀드린 거예요."

그사이 아내는 두꺼운 서류를 가져와 태진의 앞에 놓았다. 그러자 대표가 서류를 펼쳤고, 서류에는 무대 사진이나 배경 사진이 담겨 있었다.

"4년 전에 했던 게 가장 최근이네요. '나의 60대'라는 연극이고요. 재경기획에서 맡았는데 무대만 저희한테 맡겨 줬어요."

"아, 좋네요."

옛날 단독주택의 마당으로 보였다. 연극을 많이 본 건 아니지만, 예전에 대구에서 봤던 '청소부들' 세트보다 훨씬 괜찮게 보였다. 그 뒤로도 대표는 참여했던 무대들을 보여 주며 이것저것 설명했고, 대형까지는 아니더라도 규모가 있는 연극에도 참여한 적이 있는 듯했다.

"그런데 왜 무대 설치 그만두셨어요?"

"그거요, 후… 코로나 때문도 있는데 자기들이 직접 설치하는 경우가 많기도 했고요. 어떤 극장에서 연극하려면 정해진 업체하고만 일을 해야 하는 그런 것도 많아지고. 큰 기획 회사들이 다 묶어서 해 버리는 경우도 많아서요."

"극장하고 연계하시면 되잖아요."

"자꾸 뒷돈을 달라고 하니까 그게 문제죠. 그때는 사람들이 알아줄 거라는 자신감도 있었으니까요. 그러다 결국 이렇게 됐죠. 사실 실력이 엄청 뛰어났으면 불렀을 텐데 그렇진 않았던 모양이에요. 그래도 항상 연극에 어울릴 수 있도록 최선을 다해 제작하니까 그 부분은 걱정하지 마세요."

태진은 웃으며 포트폴리오를 한 장씩 넘겼다. 이 정도 경력이면 전혀 문제가 되지 않을 것 같았다. 문제는 정해진 예산을 듣고 난 후의 대표의 의사였다.

"사실 저희는 섭외 대행이고요. 주최는 플레이스에서 할 거예요. 장소도 플레이스 소극장이고요. 공연 기간은 두 달이고 공연 기간 동안은 세트 책임자가 되실 거예요. 그리고… 예산은 아직 합류할 극단이 정해지지 않아서 정확하진 않지만, 최소 오백에서 최대가 천만 원이에요."

"차이가 큰데요?"

"무대 설치를 각 극단에서 부담하거든요. 다른 것들은 플레이스에서 다 지원하고요."

"그래서 제작은 단원들이 한다는 거네요. 하긴 전에도 그런 경우들도 있었으니까요."

"예산은 괜찮으실까요?"

"맡겨 주시면 하죠. 최선을 다하겠습니다."

태진은 업체를 구해 다행이라는 생각과 동시에 이 기회를 발판으로 삼아 선우철거가 살아날 수 있도록 응원하는 마음이었다. 그때, 수잔이 의욕에 불탄 모습으로 입을 열었다.

"우리가 반드시 여기 선우철거, 아니, 선우무대에서! 일을 맡을 수 있도록 노력할게요!"

제7장

—

곽이정 사용법

　무대 설치에 관해 논의를 한 끝에 플레이스에서 선우무대가 감독을 맡는 걸 허락했다. 그다지 유명하지 않은 곳이었지만, 그동안 모아 놓은 포트폴리오가 한몫했다. 그리고 그 적은 예산에 감독을 구해 왔다 보니 반대는커녕 놀라기 바빴다.

　극단의 오디션을 위해 플레이스 극장에 자리하고 있는 중에도 국현과 수잔은 플레이스의 반응이 기쁜지 연신 미소를 짓고 있었다.

　"봐요! 플레이스도 구해 올지 몰랐잖아요. 수잔도 공연 기획 팀장이라는 사람 표정 봤죠?"

　"그렇게 구해 와서 놀란 게 아니라 단원들이 제작하고 감독만 맡는 거에 놀란 거잖아요. 계속 입 다물고 있다가 그 얘기 할 때만 누구 아이디어냐고 물어보더만."

"그때 물어보긴 했지만, 구해 온 거 자체로도 놀랐다니까요. 아! 그보다 더 감동인 건 우리 팀장님!"

국현은 양손을 모은 채 눈을 깜빡거리며 태진을 봤고, 태진은 지금까지 몇 번이나 들었던 얘기였기에 쳐다보지도 않은 채 입술을 씰룩거렸다.

"곽이정 같았어 봐요. 누구 아이디어냐고 그러면 무조건 자기 아이디어라고 했지. 그런데 우리 팀장님은 다 같이 했다고! 대부분 팀원들이 했다고! 겸손과 미덕 그 자체!"

"실제로 대부분 두 분이 하셨잖아요."

"에이! 우리는 팀장님이 말한 거만 했죠! 대부분 팀장이면 지시만 하고 확인만 해 놓고 자기가 공을 다 가져가는데 팀장님은 공까지 나눠 주셨잖아요. 그게 얼마나 큰데. 역시 오길 잘했어."

익살스러운 표정으로 아부하는 국현의 모습에 수잔이 피식 웃더니 입을 열었다.

"며칠 전까지만 해도 아파서 지원 팀 사라지는 거 아니냐고, 무슨 약 먹었냐고 그랬잖아요."

"사실이잖아요. 진짜 약 먹은 사람처럼 갑자기 씩씩해졌잖아요. 지금도."

"하긴 좀 그렇긴 해요. 팀장님, 무슨 일 있었어요?"

태진은 가볍게 웃고는 무대를 가리켰다.

"곧 알게 될 거예요. 저기 극단 나오네요. 장터국밥 팀이죠?"

수잔과 국현은 무슨 일인지 궁금해하면서도 극단이 등장함과 동시에 무대에 집중했다.

*   *   *

기획안대로 총 다섯 팀의 극단이 선택되었다. 다만 극단의 수준이 예상에 미치지 못했다. 적어도 단우가 속해 있는 '조각가들'과 비슷할 거라 예상했는데 그렇지 못한 극단들도 있었다. 조각가들도 부족해 보이다 보니 다른 극단들은 말할 것도 없었다. 모든 준비를 다 끝내 놨는데 정작 메인인 극단들이 볼품없다 보니 도저히 성공할 것 같지 않았다. 예상과 다른 상황에 태진은 한숨을 쉬며 말했다.

"전체를 다 볼 걸 그랬나 봐요."

태진의 말에 국현이 표정을 찡그린 채 고개를 저었다.

"다 보셨으면 더 실망했을걸요. 오디션 때 했던 게 가장 임팩트 있는 장면일 텐데."

"저도 국현 씨 말에 동의해요. 일부러 같은 작품으로 오래 공연한 팀을 골랐는데 너무 실망인데요."

"우리가 그게 실수예요! 한 작품으로 2, 3년씩 공연해 놓고도 성공 못 한 걸 보고 알아차렸어야 했는데! 그걸 경험이 있다고 생각했으니까! 으이구!"

"그래도 시나리오들은 괜찮았는데… 후, 어떻게 그렇게 재미없게 해석을 할까."

국현의 말처럼 한 작품으로 길게는 3년 동안 공연한 극단도 있었다. 그리고 수잔의 말처럼 시나리오는 꽤 괜찮다고 생각했는데 연출을 잘못해서인지 시나리오에 영 못 미치는 연극들이었다. 그러다 보니 단우가 연기를 잘하더라도 빛을 보기 힘든 상황이 되었다. 지금 같아서는 아마도 경쟁작들을 들먹이며 단우의 연기까지 그 수준이라고 끌어내릴 것처럼 보였다.

"차라리 연기 지도 선생님을 모셔 가서 지도를 좀 해 주면 달라지기라도 할 텐데."

"그걸 받아들일까요? 쥐뿔도 없으면서 자기네들 경력 있다고 으쓱하는데 어중간한 지도자가 가르친다고 하면 어떻게 나올지 뻔히 보이는데. 합격했다고 했을 때 보셨잖아요. 당연하다는 듯 거들먹거리는 거. 재미라고는 쥐뿔도 없는 연극 가지고서 그러는 거! 아! 혹시 필 선생님한테 부탁해 볼까요?"

"그건 좀 아닌 거 같아요. 지금 바쁘시기도 하고 예산을 전부 필 씨한테 드려도 부족할 거예요."

"하긴……."

마음 같아서는 '조각가들'에서 했던 것처럼 연기를 직접 보여 줄까 하는 생각도 들었다. 하지만 자신은 지도자가 아닌 에이전 트였기에 거부하는 극단들이 있을 수가 있었다.

'단우도 문제고, 이대로면 플레이스도 괜히 했다고 생각하겠 네.'

국현의 말처럼 망한 기획이 될 것 같았다. 그때, 태진의 전화가 울렸고, 수잔과 국현은 태진을 가만히 쳐다봤다.

"저거 맞죠! 입술 씰룩거리는 게 웃는 거!"
"맞아요. 무슨 좋은 소식이 생겼나 본데요?"
"오, 기대된다! 무슨 소식이길래."

두 사람은 기대되는 표정으로 태진이 통화가 끝나길 기다렸고, 잠시 뒤 태진이 통화를 마치자 곧바로 질문을 던졌다.

"무슨 일이에요? 혹시 플레이스에서 예산 늘려 준다고 극단 더 알아보래요?"
"아니요. 그런 거 아니에요."
"그럼요? 지금 좋아할 게 그거 말고 없는데?"

태진은 다시 입술을 씰룩거리며 컴퓨터를 가리켰다.

"지금 검색 한번 해 보세요."
"뭐라고요?"
"동인대학교 임상시험이라고."

두 사람은 고개를 갸웃거리며 검색창에 태진이 말한 대로 검색했다. 그러자 수두룩하게 뉴스가 나왔고, 기사를 대표하는 사진에 전부 태진의 얼굴이 나와 있었다.

"뭐야? 이게 뭐예요? 왜 다 팀장님 얼굴이에요?"
"제가 말하는 것보다 읽어 보시는 게 더 나을 거예요."

수잔과 국현은 같은 모니터에 얼굴을 들이댄 채 기사를 읽기 시작하더니 둘 다 손가락으로 모니터를 가리키며 소리까지 내어 읽었다.

"동인대학병원의 세포 연구 팀에서 국내 최초로 후각초성화세포를 이용하여 신경섬유세포를 완벽하게 재생하는 데 성공했다? 이는 지극히 경이로운 성과로 세계 최고의 학술지에도 실릴 예정이다?"
"임상시험의 참가자는 최근 완치 판정을 받았고, 정상적인 생활을 하고 있다고 밝혔다. 참가자는 최근 모 오디션프로그램에 참가하는 기획사의 직원으로, 시청자들의 관심을 받고 있는 한태진 씨라고 밝혔다."

기사를 소리 내어 읽던 국현과 수잔의 말이 점점 줄어들었다. 그저 눈만 껌뻑거리며 기사를 읽었고, 전부 다 읽은 뒤에야 멍한 표정으로 태진을 쳐다봤다.

"…이거 진짜예요?"
"진짜예요."
"진짜 10년 넘게 걷지도 못했다고요? 몸이 저렇게 좋은데?"
"재활치료 하면서 운동해서 그렇죠. 예전에는 다리도 젓가락보다 얇았어요."
"와… 이건 뭐 인간 승리인데요? 수잔도 몰랐어요?"

수잔 역시 무척이나 놀란 표정으로 대답했다.

"그냥 잠시 좀 아팠나 보다 싶었죠. 팀장님 보고 이렇게 오래 아예 걷지도 못했다는 생각을 어떻게 해요. 그런데 재활치료를 5년 넘게 했네요. 진짜 대단하다."
"그러네… 이때면 인생의 반을 치료로 보냈네요. 아! 이제 알았다!"
"뭘요?"
"팀장님이 왜 갑자기 곽이정한테 적대감을 드러냈는지! 팀장님이 원래 티가 안 나잖아요. 그런데 얼마 전부터 막 입모양도 욕하는 것처럼 하고 곽이정 얘기만 나오면 주먹 꽉 쥐고 그랬거든요."

"아! 그러네. 맞네. 나 같아도 화났겠네요. 철거 사고로 다친 사람 앞에서 그런 걸로 사기 쳤으니까."

정작 태진은 신기하게 두 사람을 봤다. 티가 안 날 줄 알았는데 자신도 모르게 그런 행동을 한 모양이었다. 태진은 자신의 마음을 알아챈 두 사람의 말에 입술을 씰룩거렸고, 그 모습을 보던 수잔은 걱정이 된다는 모습으로 입을 열었다.

"그런데… 이렇게까지 노출이 되는 거예요? 가뜩이나 팀장님 알아보는 사람 있는데 이렇게 기사로 나오면 더 많을 텐데. 그럼 피곤해지지 않겠어요?"
"아, 그거요. 처음부터 약속이 된 거기도 하고요. 거기서도 성과를 자랑해야 되는데 사람들한테 얼굴이 알려진 제가 해 주길 바라기도 했고요. 그리고 전부 사실이니까요."
"괜찮으시겠어요?"
"괜찮죠. 아직 더 남았는데."
"뭐가 더 남아요?"
"뉴스에도 나올 거예요. 인터뷰한 거 오늘 8시 뉴스에 나올 거라고 했어요."

수잔과 국현은 또다시 놀란 얼굴로 태진을 쳐다봤고, 태진은 숨을 크게 들이마신 뒤 입술을 씰룩거렸다.

"예전에 듣기로 얼굴이 좀 알려지면 캐스팅하는 데 도움도 된다고 들었어요."

"그렇긴 하죠……."

"그리고 그보다 더 큰 이유는 곽이정도 더 이상 제 건강 문제를 언급하지 못할 거잖아요."

두 사람은 어이가 없다는 듯 헛웃음을 뱉으면서도 태진의 말이 맞기에 고개를 끄덕거렸다.

"와… 완전 무섭다. 수잔, 우리 팀장님 진짜 화났나 봐요."

"또 무슨 말 하려고요."

"곽이정이라잖아요! 팀장님이라는 말도 안 붙여요. 이제!"

자신이 그렇게 말을 했다는 걸 몰랐던 태진은 순간 움찔했지만, 딱히 말을 수정할 필요를 느끼진 못했다. 그리고 그런 생각을 할 수조차 없었다. 지금 휴대폰에 메시지가 쉴 새 없이 들어와서 계속해서 진동이 울리는 중이었다. 라액의 참가자들은 물론이고, 오늘 만났던 극단들의 관계자까지 다양하게 메시지를 보내 왔다. 그러던 중 메시지 하나가 눈에 들어왔다.

―사진 잘 나왔는데요! 곽이정 한 방 먹이고 빨리 다시 와요!

바로 채이주였다. 여전히 채이주가 스케줄이 빌 때마다 밤 연습을 도와주고 있기에 그녀에게 자세히 얘기하진 않았지만 어떤 상황인지는 대충 알고 있었다. 태진은 피식 웃고는 다시 휴대폰을 봤다. 휴대폰은 연신 메시지가 도착했다는 알림이 뜨는 것으로도 부족해 이젠 전화까지 걸려 오는 중이었다.

라액에서 Y튜브에 흉내 내는 영상을 올렸을 때도 이 정도는 아니었다. 어느 정도 예상은 했지만, 이렇게 빠르게 반응이 올 줄은 몰랐다.

"와, 팀장님 전화기 터지겠는데요?"

"그러게요."

"전화 안 받으셔도 돼요? 하긴 이제 시작일 텐데. 그나저나 우리 스타 팀장님 두게 생겼네!"

"아닐 거예요. 라액 때도 그랬는데 금방 잊히겠죠."

"에이, 설마요."

"라액 때도 며칠만 알아보고 그러더라고요."

"그건 라액만 나와서 그러잖아요. 지금은 다르죠."

김국현은 부럽다는 표정을 지은 채 말을 이었다.

"뉴스에서도 나온다면서요. 그럼 모든 방송국 뉴스에서 팀장님 얼굴이 나올 거란 말이에요. ETV 한 군데가 아닌! 그리고 한 가지 더!"

"뭐가 더 있어요?"

"팀장님 팬텀 연기 보여 준 거요!"

"아."

"라액에서 가만히 있겠어요? 나 같아도 인간 승리 '한태진 팀장

의 스페셜 영상!' 이렇게 만들어서 올릴 텐데. 그럼 시너지효과가
일어나서 아주 온 국민이 팀장님 막 숭배하고!"

"숭배······."

태진은 순간 자신도 모르게 혀를 내밀었다. 정말 국현의 말처
럼 되어 버린다면 일상생활을 하는 데 지장이 생길 것 같았다. 그
리고 라이브 액팅의 영상 때 아무것도 하지 않았음에도 악플이
달린 걸 생각해 보면 이번 역시 마찬가지일 것이었다. 오히려 그
때보다 더 많은 사람들이 보기에 더 많은 악플이 달릴 수도 있었
다.

태진도 악플이 신경 쓰이긴 했지만, 그보다 가족이 더 걱정이
었다. 물론 가족들과 상의해서 내린 결정이었지만, 악플은 생각
하지 못한 부분이었다. 가족들이 말도 안 되는 악플들을 보며 화
를 내는 그림이 상상되었다. 그때, 국현이 뭔가를 상상하듯 환한
미소를 지으며 말했다.

"만약에 제가 팀장님 같은 상황이면 전 바로 회사 때려치울 텐
데."

"회사요?"

"여기도 사람 사는 동네라 겉으로는 응원하면서 뒤에서는 시기
하는 사람이 분명히 있어요. 그런 건 그냥 넘기면 되는 거고. 아
무튼 돈을 버는 단위가 달라지잖아요. 바로 프리랜서 전향해서
방송인으로 여기저기 다니면서 행사하고 강연하고!"

"그건 좀 그렇죠."

"그게 별로라면 인간 승리 연기 지도자로 간판 걸고 연기 가르쳐 주면 되잖아요. 얼마나 좋아요."

그때, 옆에서 듣던 수잔이 의아한 표정으로 입을 열었다.

"팀장님이 무슨 연기 했어요?"
"아! 수잔은 못 봤겠구나! 이제 Y튜브에도 올라올 텐데. 이번 미션에서 정만 씨 연기는 우리 팀장님이 완성시켰다고 해도 무방하죠."

국현은 마치 자신의 얘기라도 되는 듯 그때의 상황을 설명했고, 얘기를 다 들은 수잔은 신기하다는 듯 태진을 봤다.

"그런 연기도 잘했어요? 새로운 면이 계속 있네."
"국현 씨가 과장한 거예요."
"그래도요. 아! 그럼 팀장님이 극단들 연극 가르쳐 주면 되겠네. 가면 썼다면서요. 연기 지도자 초빙했다고 하면서 가면 쓰고 가르쳐 주… 아, 안 되겠구나."
"네?"
"라액에서 팀장님 얼굴 나오게 할 텐데. 그럼 팀장님인 거 알거잖아요."

수잔의 말에 잠시 혹했던 태진은 멋쩍은 웃음을 지었다.

'내 얼굴만 안 나와도 그럴 수 있었을 텐데. 아…….'

순간 자신의 얼굴이 안 나올 수 있는 방법이 떠올랐다. 정확히
는 방법이 아니라 안 나오게 만들 방법을 떠올릴 수 있는 사람이
생각났다. 태진은 급하게 팀원들을 보며 말했다.

"연습실 좀 다녀올게요."
"갑자기요? 지금 시간이면 연습실에 곽이정이랑 다른 회사 사
람들 있을 텐데요."
"잘됐네요."
"네?"
"곽이정 보러 가요."

태진은 기대되는 마음에 서둘러 사무실을 나섰다.

＊　　　　　＊　　　　　＊

태진을 대신해 참가자들을 담당하던 곽이정은 그들이 연습하
는 모습을 지켜봤다. MfB의 참가자는 두 명뿐이지만, 기획사 중
에서는 숲과 더불어 가장 많은 참가자를 데리고 있다 보니 연습
이 MfB에서 이뤄지고 있었다. 자신이 계획한 대로 미션을 주도할
수 있게 되긴 했지만, 시간이 지날수록 지쳐 가는 중이었다. 매일
같이 퇴근도 없이 강행군이 이어지다 보니 피곤이 점점 쌓여 갔
다. 하지만 이렇게 하지 않으면 태진에게 쏠려 있는 참가자들의

마음을 가져올 수 없을 것 같았다.

그러다 보니 태진이 팀으로 들어왔으면 이런 일을 하지 않았어도 됐을 거라는 생각에 괘씸함과 동시에 태진을 밑에 두고 싶다는 생각이 다시 들었다.

'에이 씨.'

태진의 생각만으로도 짜증이 밀려온 곽이정은 생각을 떨치려 고개를 저었다. 그러고는 잠시나마 쉬고 싶다는 생각을 할 때, 마침 전화가 걸려 왔다. 번호를 보니 다른 회사의 스태프들이 있을 때 받아서 좋을 전화가 아니었다.

"잠시 바람 좀 쐬고 오겠습니다."

핑계를 대고 밖으로 나온 곽이정은 서둘러 전화를 받았다.

"네, PD님. 전화 받았습니다."
—아니! 이게 뭡니까! 아, 진짜 너무하시네!

전화를 건 사람은 다름 아닌 라이브 액팅의 메인 PD였다. 자신이 기획사의 담당자로 출연하고 있다고는 하나 이렇게 갑자기 화를 낼 이유가 없었다. 영문 모를 화에 곽이정도 화가 났지만, 일단은 한발 물러나 정중하게 되물었다.

"무슨 말씀이신가요."

—한태진 팀장님이요!

갑자기 한태진의 이름이 나오자 곽이정의 얼굴이 심하게 일그러졌다. 그때, PD의 말이 이어졌다.

—아니, 그런 일이 있으면 우리한테 먼저 언질이라도 해 줄 수 있잖아요. 그렇게 되면 MfB도 좋고 어? 우리도 좋은 건데. 어떻게 우리한테 말 한마디 없이 그럴 수가 있어요. 우리도 기사 보고 알아야 되는 겁니까? 진짜 너무한 거 아닙니까?

곽이정은 무슨 상황인지 이해가 되지 않았다. 일단은 먼저 확인을 한 뒤에 말을 하는 게 좋겠다는 생각에 서둘러 전화를 끊었다.

"제가 지금 연습 중이라서 나가서 바로 전화하겠습니다."

전화를 끊은 곽이정은 곧바로 포털사이트를 켰다. 그러고는 한태진을 검색했고, 그와 동시에 다시금 표정이 일그러졌다. 그러고는 말없이 기사를 읽어 내려갔다. 모든 기사를 읽은 곽이정은 헛웃음을 뱉었다.

"이런 게 있었어?"

이렇게 되면 더 이상 태진의 건강을 문제 삼을 수가 없었다. 하지만 그것뿐이었다. 이 일로 인해 태진이 다시 합류할 일은 없었다. 오히려 대중들의 관심을 MfB로 향하게 할 수 있을 것 같았다. 다만 앞으로 태진에게 더 많은 관심을 쏠리게 해서는 안 됐다. 딱 여기까지여야 했다.

기존에 촬영했던 영상이 Y튜브에 올라올 예정이었다. 태진이 가면을 쓰고 연기를 하는 장면이었고, MfB에 도움이 되는 일이었기에 곽이정도 당연히 수락했던 일이었다. 하지만 이제는 그 장면이 나가서는 안 될 것 같았다. 하지만 라이브 액팅에서는 어떻게 해서든 내보내려 할 것이기에 절충점을 찾아야 했다. 그때, 복도에서 누군가 걸어오는 소리가 들렸다. 고개를 돌려 보니 바로 태진이었다.

곽이정은 빠르게 걸어오는 태진을 뚫어져라 쳐다봤다. 그때, 태진이 자신의 앞에 멈춰 서더니 꾸벅 인사를 건넸다.

'뭐야.'

갑작스러운 인사에 흠칫 놀랐지만, 이내 가벼운 목 인사로 인사를 받았다. 아마 이런 인사를 해서라도 참가자들을 만나러 가려는 듯 보였다. 하지만 방금 일로 패씸한 마음에 그걸 허락해 줄 마음은 없었다.

"지금 정만이나 희애 둘 다 연습 중이니까 나중에 보도록 해요."

"저 팀장님 만나러 왔습니다."

"음?"

"드릴 말씀이 있어서요."

"나한테요? 흐음, 그래요. 가죠."

곽이정은 태진의 무슨 일로 자신을 찾아온 건지 조금이라도 알아차리기 위해 태진의 얼굴을 살폈다. 자신을 찾아올 이유라고는 헛소문에 관한 일밖에 없을 텐데 그 일은 아닌 듯했다. 그 일로 따지려는 것치고는 말투가 굉장히 정중했다. 그렇기에 인터뷰가 나가고 난 뒤 자신의 표정을 살피려고 온 것이라고 보기도 힘들었다.

하지만 항상 같은 표정이다 보니 무슨 말을 하려고 찾아온 건지 도통 감이 잡히지 않았다. 곽이정은 최대한 경계를 하며 걸음을 옮겼다.

*   *   *

태진의 말을 듣고 있는 곽이정은 걱정이 가득한 표정이었다. 물론 그건 표정뿐이었고, 머릿속은 빠르게 돌아가고 있었다.

"그러니까 이번 소문하고 상관없이 잡혀 있었던 스케줄이었다?"

"네, 맞습니다."

"그럼 먼저 보고를 하고 했어야 하는 게 순서인 거 같은데요."

"어디다 보고를 해야 될지 몰라서요. 팀장님한테 말씀드렸어야 했나 봐요."

표정은 평소와 똑같은데 목소리는 걱정이 가득하게 들렸다. 곽이정은 속으로 피식 웃고는 말을 이었다.

"오해할까 봐 말하는데 태진 씨 건강 문제 내가 소문낸 거 아닙니다. 누가, 어디서부터 소문이 나기 시작한 건지 알진 못하지만 나도 소문을 듣고 판단을 내린 겁니다. 만약에 그 소문이 거짓이었다면 태진 씨가 직접 찾아와서 얘기를 해 줄 거라 생각했는데 그렇지 않았잖아요. 그래서 소문이 사실이라고 믿고 있었습니다. 내가 먼저 찾아가서 물어볼까 했지만, 태진 씨가 날 멀리하는 거 같더라고요."

태진은 진심으로 감탄했다. 전이라면 곧이곧대로 믿었겠지만 지금은 아니었다. 지금은 뭘 먹어야 말을 저렇게 잘하나 하는 생각이 들기만 했다. 지금도 먼저 자신을 찾아오지 않은 태진에게 문제가 있다는 것으로 결론을 내 버렸다.

'굉장하네.'

헛소문에 대한 얘기로 말을 시작한 곽이정은 오해를 풀었다고 생각하는지 다음으로 넘어갔다.

"일이 이렇게까지 커질 줄은 몰랐다는 말이군요. 오늘 뉴스에도 나온다고 했죠? 그럼 몰라보는 사람이 없겠군요."

걱정된 얼굴과 다르게 상당히 밝은 목소리였다.

"선배로서 말할게요. 태진 씨가 생각하고 있는 게 맞아요. 만약에 태진 씨의 경력이 어느 정도 있다 그러면 분명히 얼굴 알려지는 게 도움이 될 겁니다. 하지만 태진 씨는 지금 신입이에요. 몇 가지 성과는 있었지만 신입이란 건 변하지 않죠. 그렇죠?"

"네, 맞습니다."

"그게 문제인 겁니다. 지금까지 실패를 해 본 적이 없죠. 차라리 얼굴이 알려지지 않았을 때 실패를 했다면 경험으로 치부할 수 있지만, 얼굴이 알려지고 나면 실패를 하면 안 돼요. 실패를 하는 순간 낙인이 박혀 버립니다. 항상 성공할 수 있다고 장담합니까?"

"아니요······."

"만약 내가 한태진 씨였고, 에이전트 일을 계속할 생각이었다면 얼굴을 공개하는 일은 안 했을 겁니다. 아무리 계약이 되었고, 약속을 했더라도 절대 하지 않았을 일이죠."

"그럼 어떻게 해야 할까요."

"이미 벌어진 일인데 되돌릴 순 없죠. 하지만 앞으로의 노출을 최대한으로 피한다면 사람들에게서 잊히는 게 빨라지겠죠."

곽이정은 큰 걱정이 남아 있다는 듯 숨을 크게 들이마셨다.

"문제는 라액입니다. 조만간 팬텀 연기 했던 영상이 공개되겠죠."

"아……."

"몰랐어요?"

"거기까지 생각은 못 했어요."

"쯧쯧. 당장 닥친 일만 볼 게 아니라 한 수, 두 수를 넘어 저 멀리 십 수까지 봐야 하는 겁니다. 그래서 나였다면 안 했을 거라고 말한 겁니다."

라이브 액팅에 관해서는 말도 꺼내지 않았는데 거기까지 연관해서 말하는 걸 보면 확실히 난사람이었다. 지금도 최대한 불쌍해 보이기 위해 배우를 흉내 내는 중이었는데 곽이정의 말에 흉내 내는 걸 잠시 잊을 정도였다.

"영상이 공개되면 엄청난 관심을 받겠죠. 그만큼 태진 씨 어깨가 무거워질 거고요. 좀 전에도 말했듯이 실패하면 안 된다는 생각에 부담감이 크겠죠."

"그럼 어떻게 해야 될까요."

"방법이 없는 건 아니죠."

태진은 속으로 쾌재를 불렀다. 역시 곽이정이라면 방법이 있을 줄 알았다. 누구 잘되는 꼴을 못 보니 태진의 노출을 최소한으로 하는 해결 방법을 내놓을 것이다. 태진은 기대되는 마음으로 곽이정을 지켜봤다.

"최 PD님하고 좀 얘기를 해야겠죠."
"제가 얘기를 하면 되는 건가요?"
"아니요. 이건 당사자보다 내가 하는 게 더 맞겠네요."
"무슨 얘기를 해야 될까요?"
"예전에 내가 했던 말 기억하나요? 거짓말을 할 때 어느 정도 사실이 섞여 있어야 효과가 있다는 거."

순간 태진은 약간 움찔했다. 사실 지금 태진이 하고 있는 짓도 마찬가지였기에 찔리는 느낌이었다.

"일단 팬텀 영상은 인상적이다 보니 편집을 안 하려고 할 겁니다. 그리고 태진 씨의 이슈를 이용해야 하니까 어떻게든 내보내려 하겠죠."
"그럼 어떻게 해야 할까요?"

곽이정은 입을 한 번 꾹 다물고는 말을 이었다.

"약간 거짓을 보태야겠죠. 태진 씨의 건강이 아직 완벽한 건 아니라고 판단해 좀 더 조심해야 된다. 그러니 태진 씨 노출을 최대한 줄이자는 식으로 얘기를 해야겠죠."
"뉴스에서도 완벽하게 나왔다고 나올 텐데요……."
"뉴스가 전부는 아니니까요. 거기서도 서둘러 성과를 자랑하

기 위해 미리 공개를 했다는 식으로 말하면 됩니다. 그래서 아직
문제가 있을 수 있으니까 조심하는 게 좋을 거 같다고 하면 됩니
다."

"그럼··· 동인대병원에서 문제 삼으면요······."

"그리고 지금 얘기를 최 PD가 보도국에 얘기하지 않는 이상
알 수가 없죠. 만약 그런 문제가 생긴다고 하더라도 건강을 유의
해 조심했을 뿐인데 문제 삼을 수가 있습니까?"

정말이지 빠져나갈 구멍을 만드는 데는 선수였다.

"그런데 방금 팬텀 영상은 공개될 거라고 하셨는데 그건 어떻
게······."

"그건 쉽죠. 오히려 그거 때문에 더 쉬울 수 있습니다. 태진 씨
와 팬텀을 다른 사람처럼 보이게 만들면 됩니다."

"네? 그게 되나요?"

"어렵나요? 잠깐의 편집만으로도 가능할 거 같은데요. 팬텀이
연기를 보이고 나면 분명히 주변에 있는 사람들의 표정이 나오겠
죠. 누군 놀라고, 누군 따라 해 보고, 누군 박수 치고, 그런 모습
들이 보일 겁니다. 그때, 태진 씨의 얼굴도 나오게 만들면 누가 보
더라도 다른 사람이라고 생각하겠죠."

"와······."

"그리고 나중에 라액에서 공개하길 너무나 원하면 그때 공개를
하면 되는 거죠. 그동안은 건강 문제로 시간을 벌고요."

태진은 진심으로 감탄했다. 곽이정의 말대로 된다면 자신에 관한 관심도 돌릴 수 있는 데다가 극단들에서도 에이전트가 아닌 가면을 쓴 연기 지도자로 활동할 수 있을 것 같았다.

'진짜 대단하긴 대단하네.'

이럴 줄 알고 찾아온 것임에도 놀라는 건 어쩔 수 없었다. 그때, 곽이정이 온화한 미소로 입을 열었다.

"이 일은 내가 도와줄 테니까 그런 걱정 말고 지금 맡은 일에나 신경 쓰세요. 지금 연극을 맡고 있다고요?"
"아, 네."

곽이정은 어떤 말도 없이 그냥 기분 좋은 표정으로 고개를 끄덕거렸다. 아마 다른 사람들이라면 응원을 해 준다고 느낄 수도 있었지만, 태진은 곽이정이 무슨 말을 하더라도 의심부터 하고 있었기에 그다지 좋은 반응처럼 보이진 않았다. 아마 실패를 확실시하는 모습이었다. 네 실패가 곧 나의 기쁨이라는 그런 느낌이었다.

"그럼 뉴스 나오기 전까지 서둘러 얘기해 줘야겠네요. 아직 라액 쪽에서는 이런 일이 있는지도 모를 테니까요."
"잘 부탁드려요."
"그리고 거짓말을 진짜처럼 보이려면 최대한 노출을 피해야 되

는 거 알죠? 여기 오고 싶은 건 알지만 자제하라는 말입니다. 그
리고 관계자 연락처 주세요."

"네?"

"병원 관계자요. 연락처 제 쪽으로 다 돌려놓게. 태진 씨는 병
원에서 직접 연락 오는 것만 받으면 됩니다. 노출을 피하려면 이
정도는 해야죠."

"아, 네."

권단우 건 때만 해도 안 받아도 되는 전화가 온다고 난리를 치
던 사람이 맞나 싶었다. 그럼에도 태진은 끝까지 걱정이 된다는
말투로 대답을 끝으로 올라갔고, 혼자 남은 곽이정은 태진이 눈
에서 사라진 뒤에야 피식 웃었다.

'이게 신입이지.'

유명해지면 부담감이 생기는 것도 사실이지만, 그만큼 기회가
많이 주어질 수밖에 없었다. 아예 모르는 사람보다 한 번이라도
더 본 사람이 믿음이 가게 마련이었다. 그리고 그건 에이전트에
게는 좋은 무기였다. 예를 들어 두 개의 회사에서 같은 조건으로
누군가를 캐스팅하더라도 약간이라도 우위에 있을 수 있다는 뜻
이었다. 그런 강점을 확보할 수 있는 기회가 찾아왔음에도 자신
에게 직접 찾아와 도와 달라는 것부터가 우스웠다. 곽이정은 만
족스러운 미소를 짓고는 서둘러 전화를 꺼냈다.

"최 PD님, 제대로 알아보느라 연락이 늦었습니다."

*   *   *

뉴스에서 얼굴이 공개되었지만 태진은 생활이 크게 달라진 것을 느끼지 못했다. 벌써 이틀이나 지났고, 이틀 동안 모든 채널의 뉴스에서 자신의 얼굴이 나왔음에도 크게 달라지는 건 없었다. 그래도 만나는 사람들마다 알은척을 하긴 했다.

연극 프로젝트에 참여하는 극단의 연습실에 와 있는 지금도 다들 응원의 말을 해 주었다. 하지만 딱 그것뿐이었다. 이 정도면 곽이정에게 말을 할 필요도 없었던 건 아닐까 하는 생각에 약간 후회가 되기도 했지만, 한편으로는 곧 라액의 영상이 올라오면 달라질 수도 있다고 생각하며 잘한 선택이라고 위안했다. 그때, 국현이 태진의 선택이 옳았다는 듯 입을 열었다.

"쟤네는 연습하는 데도 준비하는 게 엄청 오래 걸리네. 그런데 팀장님 1팀 얘기 들었어요?"
"아니요?"
"일 던져 준 분이 모르시면 어떻게 해요."

어제부터 계속 극단을 만나느라 밖으로 돌아다니는 통에 회사 사정을 듣지 못했다. 그리고 곽이정에게 부탁을 했다 하더라도 1팀의 상황을 얘기해 줄 리가 없었다. 태진이 무슨 일인가 싶어 국현의 말을 기다릴 때, 국현이 장난스러운 표정으로 활짝 웃으며 말했다.

"회사 들어가면 1팀에 커피라도 돌리… 아니지! 사 줄 필요 없지! 그냥 피해 다니세요!"

"왜요? 무슨 일인데요."

"제가 알아본 바로는! 지금 난리도 아니래요. 팀장님 때문에! 도대체 뭘 어떻게 했길래 팀장님 섭외 전화를 1팀에서 받아요?"

"아! 연락이 온대요?"

"장난 아니래요. 모닝 뉴스들부터 해서 아침에 하는 건강 프로그램있잖아요. 거기서도 엄청 오고 심지어는 다른 병원에서도 연락 온대요. 아마 생체실험 하려나 봐요! 하하하. 농담입니다!"

"그렇게 많이요?"

"그래서 이철준 씨 있잖아요. 그분이 전담하고 있대요. 사실 이철준 씨가 팀장님 제일 싫어했거든요. 싫어한다기보다 시기하는 게 맞겠네. 신입으로 와서 바로 고속 승진 하니까 엄청 부러워했어요. 아무튼 팀장님 섭외하려고 난리도 그런 난리가 없대요."

태진은 혹시나 싶어 자신의 휴대폰을 쳐다봤다. 1팀에 그렇게 연락이 온다는데 태진의 휴대폰은 잠잠했다.

'대단하네.'

그러다 보니 곽이정에게 부탁을 한 선택이 옳았다는 생각이 들었다. 곽이정이 아니었다면 지금 하고 있는 연극에 신경을 쓸 수가 없을 것이었다. 그러던 중 국현은 그런 정보를 어디서 얻는 건지 문득 궁금해졌다.

"국현 씨 1팀에서 왕따라고 안 했어요?"
"왕따죠!"
"그런데 그런 정보는 어디서 알아 오시는 거예요?"
"1팀에 오정미 씨한테 들었죠."
"왕따라면서요."
"에이, 왕따라도 정보를 얻을 순 있죠. 왕따라고 귀 막고 살 필요는 없잖아요."

그때, 함께 있던 수잔이 어이없다는 듯 웃으며 말했다.

"국현 씨는 귀 막고 사는 정도가 아니라 스파이라고 의심이 될 수준의 정보들을 가져오잖아요. 혹시 1팀에 미련 있어요?"
"아니에요! 무슨 말씀을! 전부 스킬이죠!"
"누가 왕따한테 그런 얘기를 해요. 그리고 국현 씨가 왕따라는 걸 누가 믿어요."
"진짜라니까요?"

국현은 억울하다는 듯 가슴을 살짝 치더니 갑자기 비밀 얘기라도 하려는 듯 몸을 앞으로 숙였다.

"그게 다 기술이에요. 사람 많을 때는 절대 말을 시키면 안 돼요. 그냥 왕따를 받아들인 채로 난 왕따다, 난 혼자다 라고 계속 상기하면서 조용히 있는 거죠. 그러다가 주변을 살피면 분명히 혼자 있는 사람이 있어요. 그런 사람들을 노리는 거예요. 살금살금 다가가서 은근슬쩍 말을 시키는 거죠."

"푸하하하. 사냥해요?"

"에헤! 사냥이나 다름없죠. 정보를 얻는 게 쉬운 게 아니에요. 아무튼 혼자 있으면 신기하게 적대감이 줄어들어요. 그러면서 은근슬쩍 얘기를 하다 보면 알아서 술술 나와요. 여기선 리액션이 중요해요!"

"무슨 리액션이요?"

"나는 몰랐는데 너는 알고 있구나! 이런 리액션 있죠. 나도 같이 하고 싶다, 부럽다! 이런 느낌을 팍팍 주면 네가 하고 싶어 하는 거 우리가 하고 있다 이런 표정으로 아주 그냥 신나서 별의별 얘기를 다 해 줘요."

얘기를 듣던 태진은 자신도 모르게 웃음이 나왔다. 국현이 웃겨서가 아니라 며칠 전 자신이 곽이정에게 했던 짓을 말하는 것처럼 들렸다. 똑같진 않지만 비슷한 상황이라는 생각이 들었다.

"그런데 1팀은 언제 갔어요?"

"어제 퇴근하기 전에 갔죠."

"왜요?"

"뭐야! 수잔 나 의심해요? 나 1팀에 미련 없어요!"

"혹시나 몰라서 그러죠. 우리 정보도 밖에다 풀고 다니는 건 아닌가 해서."

"와! 억울하네!"

"푸흐흐흐, 농담이에요. 아직 인수인계 다 안 했어요?"

수잔의 장난에 국현은 최선을 다해 억울하다는 반응을 보였다. 아마 다른 사람들 앞에서도 저런 모습을 하고 있을 것이었다. 그러다 보니 반응이 재밌어서 말을 하게 만드는 것 같았다. 그래서 수잔도 자꾸 장난을 치는 듯 보였다.

"인수인계는 이미 다 했죠. 엊그제 팀장님 얘기 듣고 뭐 챙겨와야 될 거 같아서 간 거죠."

"그게 뭔데요?"

"잠시만요. 가방에 있어요. 깜짝 선물로 드리려고 했는데 수잔 때문에 망했네."

국현은 가방을 뒤적거리더니 가방에서 알록달록한 상자 하나를 꺼냈다. 리본까지 달려 있는 상자에 수잔과 태진은 의아해했다. 그러자 국현이 사양하지 말라는 듯 미소를 보이며 상자를 내밀었다.

"중요한 거 아니에요."

"이게 뭔데요."

"진짜 팀장님한테 중요한 거예요."

"그러니까 이게 뭔데요?"

진짜 선물이라도 주는 사람처럼 멋쩍어하는 모습에 태진은 의아해하며 상자의 리본을 풀었다. 그리고 상자를 열자 많이 보던 물건이 들어 있었다.

"이거 가면이네요?"
"중요한 거라고 했잖아요. 중요한 거 맞죠?"
"오… 마침 어디서 구해야 하나 고민했는데. 감사해요."
"봐요. 중요한 거 맞죠? 곽이정이 팀장님하고 가면맨하고 분리시키자는 말을 했다고 들은 순간! 가면이 필요할 거 같아서 챙겼죠. 플레이스에서 챙겨 갔나 해서 걱정했는데 마침 소품 안 치운 게 딱 있더라고요."

　태진은 가면을 가만히 쳐다봤다. 곽이정과 있었던 얘기를 해주었을 뿐인데 다른 준비까지 해 놓은 상태였다.

"고마워요. 가면 어디서 구해야 되나 걱정했거든요."
"그러실 거 같아서 제가 챙겨 온 거예요. 거기 있는 거 싹 다! 저번에 듣기로 촬영하느라고 제작한 것들이라 이 정도 퀄리티의 가면 어디서 구하기 쉽지 않을 거 같아서요. 기왕 쓸 거 좋은 게 낫잖아요. 그리고 화면에서 보던 걸 써야지 사람들도 아! 가면맨이구나! 하고 바로 알아볼 거고. 그래야지 저기 저 양반들이 받아들이죠."

극단 단원들에게 연기를 가르쳐야겠다고 생각하고 벌인 일이지만 아직까지 자신이 연기를 가르치는 게 맞는지 확신은 없었다. 하지만 정해진 예산 안에서 가장 최선의 방법이라 결정한 것이기에 딱히 다른 방법이 있는 것도 아니었다. 그래서인지 가면을 보고 있자 긴장되는 것은 물론 약간의 부담감까지 들었다.

태진이 긴장감을 풀기 위해 가면을 써 보려 할 때, 옆에 있던 수잔이 손을 낚아챘다. 그러고는 상자의 뚜껑을 닫아 버리더니 조용히 속삭였다.

"여기서 쓰면 들키잖아요."

"아!"

"그리고 이거요."

"이건 뭐예요?"

"별거 아니에요."

이번에는 수잔이 태진에게 비닐 포장 된 무언가를 건넸다. 비닐에는 택배 송장까지 붙어 있었다.

"서울시 양천구 신……."

"아니! 왜 주소를 읽고 그래요. 난 포장은 못 했어요. 뜯어 봐요. 사이즈는 키도 있고 그래서 105로 샀어요."

포장을 뜯자 하얀색 티셔츠 여러 장이 겹쳐 있는 것이 보였다.

"나만 준비한 줄 알았는데 국현 씨 때문에 망했어."

"티셔츠는 왜……."

"영상에 나올 때 하얀색 티셔츠 입고 있었다고 들었는데 아니에요?"

"그렇긴 한데… 아."

"사실 가면 다른 거 쓸 줄 알고 옷이라도 그대로 입으면 좋을 거 같아서 산 건데. 여기저기 다니려면 하나로 부족할 거 아니에요."

"감사해요. 제가 사도 되는데……."

사실 옷에 대한 생각은 해 보지도 않았던 자신과 달리 두 사람은 작은 부분까지 신경 쓰고 있었다. 연예인들을 자주 대하는 사람들이라서 그런지 소품까지 신경 쓰는 모습에 태진은 듬직한 기분이 들었다.

"나중에는 몰라도 지금은 국현 씨나 나나 딱히 나서서 하는 게 없잖아요. 다 팀장님이 앞에서 하고 있으니까 서포터라도 제대로 해야죠."

"수잔 씨, 나한테 언질이라도 했어야죠! 내가 가면 안 챙겨 왔으면 나만 생각 없는 사람 될 뻔했네!"

"국현 씨도 얘기 안 해 줬잖아요."

"어… 아니, 난 수잔 씨가 챙겨 올지 믿고 있었죠! 역시!"

태진은 가면이 든 상자와 흰 티셔츠가 담긴 봉지를 든 채 입술을 씰룩거렸다. 그사이 한쪽에서 개별 연습하던 단원들이 앞으로 나옴과 동시에 전체 연습이 시작되었다. 그리고 그 연습을 보자마자 서둘러 라액의 영상이 공개됐으면 하는 바람이 생겼다.

*　　　　*　　　　*

다음 날, 태진이 나온 영상이 선공개로 공개되었다. 전에 올라왔던 스태프들의 스페셜 영상이 아닌, 참가자들이 연습을 하는 영상이었고, 예상하던 대로 자신이 가면을 쓰고 연기를 펼치는 장면이 담겨 있었다. 영상을 같이 보던 수잔은 진심으로 놀란 표정으로 입을 열었다.

"와… 이거 진짜 팀장님 연기예요?"
"내가 말했잖아요. 화면이 좀 더 느낌을 못 살렸네. 팀장님이 이거 연기 보였을 때 다 숨도 안 쉬고 있었다니까요."
"그럴 만하겠네. 어우, 섬뜩해."
"팀장님이 이거 연기하고 나서 다들 약간 쫄았다니까요. 크크크."
"와, 그런데 느낌이 되게 최정식 배우 같아."
"어? 듣고 보니까 그런 거 같네?"

태진도 자신이 한 연기를 이렇게 영상으로 보는 것은 처음이었다. 신기한 마음도 있었지만, 한편으로는 수잔의 말처럼 자신이 아닌 다른 사람처럼 보였다. 그래서인지 기쁘기도 했지만, 한편으로는 아쉬운 마음도 들었다.

"최정식 배우 흉내 낸 거예요."

"맞죠?"

"제일 잘 어울릴 거 같아서요."

"하긴 옛날에 우리 팀 처음 왔을 때 배진성 흉내 냈을 때도 완전 놀랐는데! 여기 사람들도 가면맨이 최정식이다 아니다로 싸우고 있네요. 나도 몰랐으면 최정식에 한 표 던졌을 거 같네."

태진도 댓글을 봤다. 얼마 전까지만 하더라도 한 팀장 잘한다고 응원하던 사람들이 이제는 언급조차 없었다. 그도 그럴 것이 태진이 나오는 장면은 아주 짧았다. 그래도 신경을 썼는지 다른 스태프들은 한 화면에 다 같이 잡혔는데 태진만 참가자들처럼 단독으로 표정이 나왔다. 그래 봤자 아무런 표정이 없는 얼굴이었지만.

"그런데 이렇게 해 놓으니까 진짜 같은 사람이라고 생각할 수가 없겠는데요. 역시 곽이정이 인성은 터졌어도 잔머리 하나는 진짜 지구 최강인 거 같아요. 또 PD한테 뭐라고 설득해서 했을까."

"진실을 좀 섞어서 거짓말했을 거예요."

"아! 알죠. 진실과 거짓의 경계를 오가며 진짜인 듯 가짜인 듯 하는 거! 선 타는 걸 잘하긴 하죠. 그나저나 이제 마음이 좀 편해지네요. 이렇게 반응이 좋으면 극단들도 환영할 거 같아요. 참,

플레이스도 지금 난리 났을 걸요. 연기 지도자 붙이자고 했더니 돈 들어가는 거 아니면 알아서 하라고 했는데 구해 온 사람이 가면맨!"

"플레이스에 얘기하셨죠?"

"그럼요. 이창진 실장님한테 입단속 부탁드렸어요. 그리고 다른 사람들은 팀장님이 가면맨인지도 모르죠."

태진도 동의한다는 뜻을 고개를 끄덕거렸다. 여기까진 생각대로 흘러갔다. 앞으로는 자신이 어떻게 하는지에 따라 달라지는 것들이었다. 그에 태진은 스스로 기운을 불어넣기 위해 숨을 크게 들이마신 뒤 가면을 썼다.

"팀장님, 왜 벌써 가면을 쓰세요?"

태진은 가볍게 웃고는 가면을 쓴 채 자신이 봤던 영화 중 가장 비장한 느낌을 받았던 장면을 흉내 내었다.

"전구우운! 나를 따르라! 진격하라!"

태진의 외침에 수잔과 국현은 화들짝 놀랐다.

"아, 깜짝이야. 스흡, 개놀랐네. 수잔, 팀장님 왜 저래요?"

"나도 놀랐어요. 뭐야, 가면 쓰면 사람 바뀌고 막 그런 건 아니겠죠?"

"어우, 이런 말 하기 그런데 우리 팀장님 좀 또라이 같은 면이 있어요."

수잔 역시 동의한다는 듯 고개를 끄덕거렸다.

『모방에서 창조까지 하는 에이전트』 7권에 계속…